Zomerhuis

Linda van Rijn

Zomerhuis

Literaire thriller

uitgeverij marmer

Proloog

ZE HOORDE HEM VOORDAT ZE HEM ZAG. ALTIJD DIEZELFDE passen. Langzaam, alle tijd, hij waande zich onbespied. En dat was hij ook. Zo ver het bos in zou niemand hem zoeken. En haar ook niet. Vooral haar niet. Niemand die haar miste.

Papa en mama dachten dat ze met haar vriendinnen mee was naar het strandje. Of naar het zwembad. Die zouden haar niet gaan zoeken. Natuurlijk niet. Het leek ze helemaal niks uit te maken wat ze allemaal deed. En haar vriendinnen dachten dat ze bij de caravan was. Of weg. Of ergens anders. Die leken het ook allemaal niks uit te maken.

Hij was anders geweest, eerst. Het was zo stom dat het niemand kon schelen hoe het met haar ging, en toen was hij er ineens en hem maakte het wel uit. Hij luisterde naar haar. Luisterde echt. Hij vroeg hoe het ging en onthield wat ze vertelde. Hij belde als ze alleen thuis was. Dat voelde fijn. Toen nog wel.

Het voelde nu allang niet meer fijn. Misschien was ze eerst verliefd geweest, dat wist ze eigenlijk niet zeker. Nu in elk geval niet meer. Maar nu kon ze niet meer terug.

Hij zei altijd dat zij het ook wilde, maar dat was niet waar. Natuurlijk wilde ze het niet. Hij was groot en vies en ze wilde hem niet. Nergens. Niet in haar mond, en ook nergens anders. Maar hij deed het gewoon en ze onderging het. De gevolgen waren te groot als ze dat niet zou doen. Of als ze erover zou praten. Hij had gezegd wat hij dan zou doen en ze wist dat hij het meende.

Ze hoopte dat ze haar mond kon blijven houden. Soms moest ze op haar tong bijten om niet uit te schreeuwen dat ze het zou zeggen. Dat ze naar de politie zou gaan. Hij zou woedend worden. Maar ze wist niet hoelang ze het zwijgen nog kon volhouden.

Hij was nu heel dichtbij. Hij lispelde haar naam. De s liet hij langer duren dan nodig, waardoor het altijd een beetje klonk alsof hij een slang was.

Ze gaf geen antwoord. Ze maakte sowieso geen geluid. Het had geen zin, niemand die haar kon horen. Hij kon alles doen.

Ze sloot haar ogen en kromp in elkaar.

Hoofdstuk 1

DOOR DE OPENSTAANDE BALKONDEUREN DRONG HET GEluid van een kwetterende merel de slaapkamer binnen. Met een combinatie van vermoeidheid en irritatie keek Eva van Riemsdijk op de wekkerradio naast haar bed. 4.42 uur. Wat zong die vogel vroeg. In de verte loeide de sirene van een politieauto. Eva draaide zich om, stompte in haar kussen en voelde de slaap verder wegtrekken.

Niet dat ze niet moe was. Integendeel. Maar zoals altijd als ze te dicht tegen de ochtend wakker werd, was de fysieke vermoeidheid te veel opgelost. Moe was ze tegenwoordig altijd wel, maar toch kon ze niet meer slapen. In tegenstelling tot Max, die nadat hij zijn flesje had gekregen weer snel was ingedommeld. En in tegenstelling tot Leon, die naast haar lag en te oordelen aan zijn diepe, regelmatige ademhaling niet had meegekregen dat Eva er net uit was geweest. Zoals elke nacht, dus verbaasd was ze niet. Hun afspraak dat zij de nachten deed omdat hij nu eenmaal nooit meer in slaap kwam, zelfs al was het pas één uur, beviel hem prima. Toen Eva laatst had geprobeerd er met hem over te praten, had ze al snel gemerkt dat die afspraak niet onderhandelbaar was. Nu hoopte ze vooral dat Max binnenkort eindelijk hele nachten zou gaan doorslapen. Om haar heen hoorde ze alleen maar verhalen van baby's die al na twee of drie maanden doorsliepen. Max was ruim zes maanden.

Vannacht was niet de ergste nacht geweest, aangezien Max pas om halfvijf voor het eerst wakker was geworden. Dat was weleens anders. Soms moest ze er drie, vier, zelfs vijf keer uit op een nacht. Maar nu lag ze op haar rug en keek naar het plafond. Dat het buiten al bijna licht was, hielp ook niet erg mee. Ze wierp opnieuw een blik op de wekker. 4.46 uur. Het schoot door haar heen dat dit vroeger geen vreemd tijdstip was geweest om uit de kroeg te rollen, maar dat was een plek waar ze al een tijdje niet meer was geweest. Niet dat ze dat erg vond. Ze vond het leuk om met vriendinnen af te spreken, maar de tijd van het echte stappen lag achter haar. Tegenwoordig was ze liever thuis met haar kind. Bij die gedachte grimaste ze onwillekeurig. Ooit had ze geroepen dat ze nooit zulke dingen zou gaan zeggen. Dat moeders natuurlijk gewoon nog konden uitgaan. En dat was ook zo: het kon wel. Maar ze wilde het niet.

Automatisch kwam er een glimlach op haar gezicht. Hij mocht haar dan 's nachts uit haar slaap houden, dat nam natuurlijk niet weg dat Max het allerbeste was wat haar ooit was overkomen. Nog veel beter en mooier dan ze ooit had vermoed. Bijna twee jaar had ze moeten wachten voordat ze zwanger was. In die jaren, en natuurlijk tijdens de zwangerschap, had ze zich allerlei voorstellingen gemaakt van hoe het zou zijn, maar geen van die ideeën kwam in de buurt van de werkelijkheid. Het was nog veel intenser, mooier en soms ook zwaarder dan ze had kunnen vermoeden. Ze had nooit gedacht dat ze zo belachelijk veel kon houden van wie of wat dan ook. Dat een baby betekende dat je je eigen leven gewoon echt minder belangrijk vond, dat alles ineens om hem draaide en dat dat prima was. Het was een gevoel waarop je je simpelweg niet kon voorbereiden en dat ook nergens mee te vergelijken was.

Ze draaide zich op haar zij en keek met nietsziende ogen naar het openstaande raam, terwijl ze bedacht dat als je je ergens niet op kon voorbereiden, het misschien ook niet zo gek was dat je je soms een beetje overvallen voelde. Want ook dat gevoel had ze erbij gekregen toen ze moeder werd. Ze had altijd de strakke controle over haar eigen leven kunnen voeren, maar sinds Max er was, had ze vaak het gevoel dat ze die controle kwijt was. Dat iemand anders haar leven had overgenomen. Dat was natuurlijk ook zo en hoewel ze hier echt wel van tevoren over had nagedacht, kon ze er toch slecht mee omgaan. Ze wilde heel graag een relaxte moeder zijn, eentje die meebewoog – go with the flow. Als het vandaag niet lukte, dan moest het morgen maar: die instelling. Maar helaas, ze had over zichzelf geleerd dat ze zo niet in elkaar zat. Ze bewoog niet makkelijk mee, ze vond het moeilijk als haar dagindeling in de war werd geschopt en ook als ze een hele dag in beslag werd genomen door Max die nog geen twee minuten weggelegd wilde worden. Dat kon ze natuurlijk niet op hem afreageren. Hij was zes maanden, hij kon er niks aan doen. Maar aan het einde van zo'n dag was ze vaak aangebrand, narrig zelfs. En dan was het Leon op wie ze het afreageerde, ook al was ze daar niet trots op.

Terwijl ze luisterde naar zijn ademhaling, dacht Eva aan hoe hun relatie was veranderd sinds de komst van Max. Aan de ene kant waren ze naar elkaar toe gegroeid, dat stond buiten kijf. Dat ze door Max op de meest bijzondere manier voor altijd aan elkaar waren verbonden, gaf hun relatie een extra laag die nergens mee te vergelijken was. En als ze Leon met Max in de weer zag, hield ze nog meer van hem dan eerst. Maar als ze eerlijk was, was dat niet het gevoel dat in het dagelijks leven overheerste. Dat stond meer in het teken van slaapgebrek, haast en meer irritaties en ruzies dan voordat Max er was. In het weekend viel het nog wel mee. Dan sliepen ze om de beurt uit en hoefden ze niet te haasten, wat al heel wat ergernis scheelde. Maar op doordeweekse dagen was het niet altijd even gezellig. Op de dagen dat Eva werkte, moesten ze 's ochtends enorm haasten om allebei op een redelijk tijdstip op hun werk te kunnen zijn. Ze hadden afgesproken Max om de beurt naar het kinderdagverblijf te brengen, maar in de praktijk deed Eva het vaker dan Leon omdat hij langere werkdagen maakte. Ze wist heus wel dat hij zestig uur per week werkte en dat dat bij het advocatenkantoor waar hij in dienst was het gemiddelde was. En dat de flexibiliteit in haar werk als accountmanager bij een uitzendbureau nu eenmaal groter was. En dat Leon jarenlang keihard had gewerkt om partner te kunnen worden en hij die kans nu zijn doel binnen handbereik was, niet meer door zijn vingers kon laten glippen. Maar het betekende wel dat Eva zich vaak in bochten moest wringen en ook dat Max soms langer op de opvang zat dan ze zou willen.

Soms vond Eva wel dat Leon best wat flexibeler kon zijn, en meer begrip voor haar kon tonen. Als ze moe was omdat ze elke nacht in de weer was met Max, hoefde hij heus niet aangebrand te reageren als ze een keer uit haar slof schoot. En als hij weer eens de belofte dat hij Max zou brengen of halen niet nakwam, mocht hij heus wel wat begrip tonen voor Eva's irritatie daarover. Een reële irritatie, vond ze zelf.

Eva draaide zich weer op haar rug en staarde naar het plafond. Er zat een dunne scheur vanaf de plek waar Leon de lamp had opgehangen helemaal tot aan de muur. Het huis was oud, meer dan honderd jaar. Eva hield van de knusse sfeer ervan en de mooie details. Toch overwoog ze steeds vaker om het te verkopen. Het appartement was nou niet meteen de meest handige plek voor een gezin. Max' kamertje was zo klein dat er net een bedje en een commode in pasten. Zijn kleertjes lagen in hun eigen kledingkast, want voor een extra kast was in zijn kamer geen plek.

Een tweede kind konden ze hier niet krijgen en dat vond Eva jammer, want het was op termijn wel haar wens. Ook die van Leon. Ze hadden het er al vaker over gehad dat ze allebei hoopten dat Max niet alleen zou blijven. Maar dan moesten ze wel eerst op zoek naar een ander huis. Eva had lange tijd geroepen dat ze nooit de stad uit zou gaan, maar de laatste tijd begon ze daar – tot haar eigen verbijstering – anders over te denken. Niet meer altijd die trappen op en af, met de maxicosi en een tas vol boodschappen. En wat zou het in de zomer fijn zijn om een tuin te hebben in plaats van een balkon.

Ze wist wel hoe Leon zou reageren als ze het voorstelde. Hij was verknocht aan de stad en moest er niet aan denken om die te verlaten. Net als zij was hij opgegroeid in een dorp en daar wilde hij nooit meer wonen. Hij hield van de reuring, de levendigheid, de vibe die altijd in Amsterdam leek te hangen. Hij wilde de deur uit kunnen lopen en binnen honderd meter al twee koffietentjes en een leuk café tegenkomen. Hij wilde cocktails kunnen drinken in een skybar, als hij daar ineens zin in kreeg. Eva wilde dat ook, ze had er jarenlang van genoten in de stad, maar de nadelen begonnen haar steeds meer tegen te staan. Misschien kwam dat ook wel doordat zij twee werkdagen had ingeleverd toen Max kwam, en daardoor vaker thuis was. Als Leon thuis was, was zij er ook. Dan trokken ze er vaak met z'n drieën op uit. Leon hoefde nooit in z'n eentje boodschappen te doen en niet alleen Max maar ook twee tassen de trap op te sjouwen.

Misschien was het een onderwerp om deze vakantie aan te snijden, bedacht Eva. Als ze genoeg tijd hadden om te praten, als ze niet gehaast of moe waren of er nog van alles moest gebeuren. Als ze, kortom, even wegstapten van hun leven van de laatste tijd.

Leon draaide zich om en bromde wat in zijn slaap. Eva keek maar weer eens op de wekkerradio. 5.01 uur. Ze vreesde dat ze de slaap niet meer zou vatten. Misschien kon ze er beter uit gaan en alvast wat spullen gaan inpakken, want er was nog genoeg te doen.

'Dit moet er ook nog bij.' De flessensterilisator viel bijna uit haar hand toen Eva het ding boven op Max' donkerblauwe zitzak naar de auto sjouwde. 'En ik wil toch de babygym meenemen. Max vindt dat altijd zo leuk en als hij niks te doen heeft, kun je hem ook niet zomaar wegleggen. Dan wil hij de hele tijd worden opgetild.'

'Eva...' Leon stond bij de achterbak van hun zwarte Audi-stationwagen en keek haar aan met een mengeling van vermoeidheid en lichte irritatie. 'Ik wist niet dat ik een aanhanger had moeten huren.'

Eva negeerde hem en begon stoïcijns een plek voor de spullen te zoeken in de kofferbak. Dat lukte niet, want de auto zat echt tot de nok toe vol. Daarom probeerde ze het op de achterbank, maar als de maxicosi er ook nog bij moest, kon ze daar eigenlijk ook weinig meer kwijt. Ze liep terug naar de kofferbak om spullen te zoeken die er wel uit konden.

'Waarom moet je nou per se je eigen barbecue meenemen?' mopperde ze, niet voor het eerst. Leons Weber had een eigen reishoes en nam veel te veel ruimte in beslag. Met het campingbedje, de kinderwagen en hun twee reistassen erbij – een voor hen tweeën en een aparte voor Max – was de achterbak inderdaad snel gevuld.

'Hou nou eens op over die barbecue', zei Leon, nu echt geërgerd. 'Als je dingen zoekt die thuis kunnen blijven, heb ik nog wel een rijtje. Waarom moet die zitzak eigenlijk mee? We hebben toch een wipstoel? Dat flessending kun je thuislaten, er is namelijk ook gewoon een pan met water. Die babygym is trouwens ook onzin. We zitten midden in de bossen. Leg hem op een kleed en hij kan naar de blaadjes van de bomen kijken. Vindt hij vast prachtig.'

Eva rolde met haar ogen, maar omdat ze met haar rug naar Leon toe stond, zag hij het niet. Wat waarschijnlijk beter was, want er was tegenwoordig al zo weinig voor nodig om het tussen hen te laten ontploffen. Natuurlijk kon ze de babygym thuislaten, maar als Max dan toch ineens niet naar de blaadjes van de bomen wilde kijken, wist ze al wie er voor entertainment zou moeten zorgen. En dat was niet degene die nu zo hard beweerde dat het ding niet nodig was.

'We gaan drie weken weg', zei Leon. 'Geen drie jaar. Het slaat nergens op wat jij allemaal hebt meegenomen.'

'Het stond je anders vrij om Max' spullen zelf in te pakken', was Eva's al even chagrijnige antwoord. 'Dan had je zelf kunnen beslissen wat we wel en niet meenemen. Maar op veel actie in die richting heb ik je niet kunnen betrappen.'

Dat was flauw, dat wist ze ook wel, want Leon had tot gisteravond laat gewerkt en bovendien was ze stiekem alleen maar blij dat zij alle spullen voor Max had ingepakt. Leon vergat toch de helft, of nam niet de goede kleertjes mee. Laatst bleven ze een keer bij haar ouders slapen en had Leon voor Max niks anders dan twee rompers en één shirt meegenomen, dat ook nog eens hartstikke dun was. Max had het koud en bovendien waren ze voor de middag al door de kleren heen.

'Alsof ik daar tijd voor had', beet Leon haar toe. 'Maar wat mij betreft ruimen we de hele auto uit en dan begin ik opnieuw met inpakken. Gebeurt het tenminste goed.'

Eva moest op haar tong bijten om geen scherpe opmerking te maken. Alles in haar verzette zich, maar ze wist haar mond te houden. Als ze hier nu op inging met wat ze echt wilde zeggen, dreigde het wel een heel slecht begin van de vakantie te worden. Ze kende Leon langer dan vandaag. Als hij gestrest was, zoals nu, kon hij onhebbelijk en onaardig reageren. Dat ze zelf moe was, hielp ook niet mee. Ze hadden al vaak genoeg ruzie gehad in zo'n situatie en het eindigde er altijd mee dat ze na een hoop geschreeuw over en weer allebei beloofden de volgende keer rekening met elkaar te houden, wat ze lang niet altijd deden. Maar aangezien ze zo nog meer dan twee uur met elkaar in de auto moesten zitten, koos Eva liever eieren voor haar geld.

Ze negeerde Leons opmerking en zijn geërgerde blik en begon de zitzak alsnog in de auto te proppen. Er verschoven wat spullen en ze hoorde iets kraken, maar toen had ze het voor elkaar. De opgeklapte babygym wist ze uiteindelijk tussen de voorstoel en de achterbank te krijgen en de sterilisator kon boven op de wipstoel die daar al opgevouwen lag. Het paste allemaal net en met een lichte triomf bekeek ze het resultaat, terwijl ze Leons afkeurende blik heus wel in haar rug voelde prikken.

Met twee treden tegelijk liep ze de trap op naar hun appartement op de tweede etage. Het was niet eens echt warm vandaag, maar toch zweette ze onder haar dunne shirt.

Eva ging het huis binnen en keek om zich heen. Ze had Max even in de box gelegd, waar hij nog steeds lag te staren naar de mobile die boven zijn hoofd bewoog. Het ding was met zijn hardplastic jungledieren te lelijk voor woorden, maar Max was dol op de felle kleuren, lichtjes en de ingeblikte muziek die de mobile kon afspelen. Het liefst had ze de mobile ook ingepakt, maar ze wist nu al wat Leons reactie zou zijn, dus deed ze het maar niet.

Ze haalde diep adem en probeerde structuur te krijgen in alle 'niet-vergeten-pop-ups' die in haar hoofd heen en weer sprongen. Ze hield van vakantie, maar met een baby was het wel een ander verhaal dan voorheen. Het was fijn om samen vrij te zijn en eindelijk weer eens echt tijd voor elkaar te hebben, maar drie weken weg vond ze bij nader inzien toch wel veel. Dat zou ze natuurlijk nooit tegen Leon zeggen. Ze durfde het amper aan zichzelf toe te geven, vooral omdat ze zich had voorgenomen niet zo'n duffe moeder te worden, maar sinds Max er was, was ze gewoon veranderd. Waar ze het vroeger pas vakantie noemde als ze er minstens drie uur voor in een vliegtuig had gezeten, wilde ze nu liever het land niet uit. Sowieso wilde ze niet ver reizen, maar ze vond het ook gewoon een fijn idee dat ze, als er iets met Max was, zo weer thuis konden zijn. Of in een ziekenhuis waar iedereen Nederlands sprak. En waar ze het vroeger pas leuk vond als er elke dag iets avontuurlijks op het programma stond, wilde ze nu gewoon drie weken op een rustige plek zijn. Niet te veel slepen met Max, hem niet de hele tijd uit zijn ritme halen. Ze schaamde zich er een beetje voor hoe ze had geoordeeld over moeders die dat zeiden, terwijl ze nu pas begreep hoe belangrijk dat was voor een baby. Ze wist gewoon dat als ze Max wel uit zijn ritme haalde, hij van slag kon raken. Daar had ze ook zichzelf mee, want dan sliep hij 's nachts nog veel slechter dan hij nu al deed.

De vakantie in Drenthe was het compromis geweest. Leon had naar Spanje gewild. Vliegen naar Barcelona of Málaga en dan lekker drie weken in een vakantiehuis aan de costa. Of eigenlijk: meerdere vakantiehuizen, want hij had een route uitgestippeld zodat ze ook nog wat van het land zouden zien. Eva had meteen gezegd dat ze dat niet wilde: te veel gesleep. Met Max, maar vooral ook met spullen. Toen had Leon voorgesteld om drie weken hetzelfde huis te huren zodat ze niet voortdurend hun koffers hoefden te pakken. Eva was er niet echt op ingegaan, maar in de dagen daarna merkte ze dat ze al buikpijn kreeg bij het idee. De vliegreis, het rondrijden met een huurauto in een ander land, het huis dat natuurlijk niet zoals hun eigen huis was ingericht op een baby. Op een dag zou ze er heus wel weer voor openstaan om naar het buitenland te gaan, en misschien ook wel verder weg dan Spanje, maar het was gewoon te snel. Max was pas een halfjaar, feitelijk begon ze net te wennen aan het moeder-zijn.

Met lood in haar schoenen had ze aan Leon verteld dat ze in Nederland wilde blijven. Of eigenlijk: dat ze thuis wilde blijven. Hij had afwijzend gereageerd, haar onder de neus gewreven dat ze altijd vond dat die moeders niet zo moesten miepen over de vakantie met hun kind. Daar had Eva hem meteen gelijk in gegeven, maar ze was veranderd, had ze gezegd.

Gelukkig was Leon al snel bijgedraaid. Hij begreep het ook wel, zei hij, het was immers ook een behoorlijke onderneming om te gaan vliegen met een baby. En met de auto konden ze tenminste meer meenemen. Want dat was de afspraak: ze zouden dan wel drie weken in Nederland op vakantie gaan. Thuisblijven zag Leon niet zitten, midden in de zomer met een baby op een Amsterdamse etage. En hij wilde niet naar een huisjespark, had hij meteen geroepen. Eva was gaan googelen, maar een goed alternatief had ze niet gevonden. Uiteindelijk was Leon degene geweest die had voorgesteld naar het zomerhuisje van haar ouders in Drenthe te gaan. Eigenlijk brachten haar vader en moeder er hun zomervakanties door, maar omdat haar vader dit jaar aan zijn knie werd geopereerd, zouden zij een jaartje overslaan. Leon had meteen gebeld en natuurlijk hadden haar ouders ja gezegd, anders stond het huisje toch maar leeg.

Leon was meteen enthousiast geweest over zijn eigen plan, Eva had aan het idee moeten wennen, maar toen was ze aangestoken door Leons enthousiasme. Ze had elke zomer van haar jeugd in het kleine, houten chalet doorgebracht. Pas op haar achttiende was ze voor het eerst in het buitenland geweest: met vier vriendinnen naar Lloret de Mar. Niet dat ze het erg vond dat ze als kind altijd in Nederland op vakantie was gegaan. Ze bewaarde mooie herinneringen aan de zomers in de Drentse bossen. Sterker nog, ze zou Leon nooit hebben ontmoet als haar – en zijn – ouders geen zomerhuis op de camping hadden gehad. Ergens was het wel mooi symbolisch dat ze nu, tijdens hun eerste vakantie als gezin, naar de camping gingen.

Eva keek op haar horloge en stelde vast dat ze beter verder kon gaan dan hier een beetje te staan dagdromen. Anders zouden ze vandaag überhaupt niet meer in Drenthe aankomen. Ze streek nog even over Max' donkerblonde babyhaartjes, waarna hij voluit naar haar grijnsde. Daarna liep ze naar de babykamer om te zien of ze alle spullen had. Op de commode stond alleen nog de luiertas. De rits ging niet meer dicht omdat ze er nog snel een extra melkpoedertoren en een thermosfles met heet water bij had gestopt. Het was best een eind rijden en ze vond het vervelend als ze eerst op zoek moesten naar een tankstation als Max huilde omdat hij honger had. Ze pakte de tas en keek rond in de kamer om te zien of ze niks vergeten waren.

Te horen aan zijn voetstappen op de trap kwam Leon naar boven. Hij keek eerst in de huiskamer en stak daarna zijn hoofd om de hoek van de deur van de babykamer. 'Ben je klaar?' vroeg hij afgemeten.

Eva knikte. 'Leon', zei ze, toen hij alweer bijna op de gang stond.

Hij draaide zich om. 'Ja?'

'Kom even hier.'

Hij stapte de babykamer weer in. Hij was lang, een stuk langer dan zij en als hij dichtbij stond moest ze altijd een beetje naar hem opkijken. Heel cliché was ze, onder andere, gevallen voor zijn brede borstkas waartegen ze kon wegduiken. Zijn armen om haar heen. Leon was een echte man, een beetje beschermend, soms zelfs een beetje bezitterig, maar dat vond Eva alleen maar leuk. Ze hield ervan als iemand moeite voor haar deed.

Ze legde haar hand tegen zijn borstkas. 'Zullen we alsjeblieft een beetje leuk tegen elkaar doen?' Ergens voelde ze vermoeidheid toen ze die vraag stelde. Op een of andere manier was er met de komst van Max ook een snauwerigheid in hun leven gekomen die ze daarvoor niet hadden gehad en waar Eva maar moeilijk de vinger op kon leggen.

'Misschien kun je dan zelf een beetje om je toon denken', antwoordde Leon. 'Want je bent bepaald niet de gezelligste.'

Opnieuw moest Eva op haar tong bijten om geen ruzie uit te lokken. Zijn opmerking was gemeen en dat wist hij zelf ook wel. Vanbinnen kookte ze, maar ze negeerde hem. 'Laten we samen proberen het gezellig te houden', zei ze afgemeten. 'Dat lijkt me voor ons allebei beter, aangezien we nog een hele tijd bij elkaar in de auto moeten zitten.'

Daarna liep ze langs hem heen naar de huiskamer. Leon had de maxicosi al op de eettafel gezet en Eva haalde Max uit de box. Ze legde hem in zijn autostoeltje en terwijl Leon een laatste ronde door het huis liep om te zien of ze niks vergeten waren, zette Eva Max in zijn autostoeltje. Daarna haalde ze de luiertas op en ging voorin zitten, haar benen een beetje opgevouwen omdat er eigenlijk niet genoeg ruimte was naast de tas.

Leon kwam naar beneden, sloot de voordeur af en stapte ook in. Ze reden de straat uit, langs de Amstel. De terrassen zaten vol, hoewel het niet eens de mooiste zomerdag was. Maar het was vrijdag en dan tierde de Amsterdamse horeca altijd welig. Eva had eigenlijk vanochtend al willen vertrekken, maar het inpakken van de spullen had veel meer tijd gekost dan gedacht, ondanks het vroege beginnen en de voorbereidingen die ze gisteren al had getroffen. Daar had ze zich lelijk in vergist.

Leon sloeg af en even later reden ze op de Wibautstraat. Het was gelukkig niet druk. Op vrijdagmiddag kon het verkeer in de stad nog weleens vaststaan, maar het weer was goed en daarom wemelde het overal van de fietsers die weliswaar gevaarlijk tussen de auto's door schoten, maar in elk geval niet voor file zorgden.

Eva leunde achterover in haar stoel terwijl ze de stad uit reden. Het was iets na halfeen. Als ze inderdaad door konden rijden, kwamen ze nog voor drieën aan op de camping.

'Eef.' Leon verbrak na een tijdje de stilte die tussen hen in had gehangen. Zijn stem klonk minder hard, verzoenend. Ze keek opzij. Hij keek vluchtig terug en richtte daarna zijn aandacht op de weg, omdat hij moest invoegen op de A10.

'Laten we leuk doen tegen elkaar', zei hij nu zelf. 'Sorry dat ik liep te chagrijnen. Ik was geïrriteerd dat we zoveel mee moeten nemen en dat het allemaal niet opschoot.'

Eva liet haar adem ontsnappen en knikte langzaam. Ze zei niet wat ze eigenlijk wilde zeggen, maar aanvaardde het excuus. Het had geen zin om hem na te dragen dat hij beter vooraf kon nadenken en zich in kon houden als hij een slecht humeur had. Dat dat altijd nog beter was voor de sfeer dan pas na een halfuur zijn excuses aanbieden. Al die dingen had ze al eens gezegd, en Leon gaf haar dan altijd gelijk, maar uiteindelijk schoot ze er niet zoveel mee op. Er was haar nu een hoop aan gelegen dat de sfeer snel opknapte. Dit was hun eerste vakantie als gezin en die wilde ze niet laten verstieren door muizenissen.

'Oké', knikte ze daarom. 'Laten we er maar over ophouden.' Ze legde haar hand op Leons been, hij boog zich naar haar toe om haar een kus te geven en keek daarna snel weer voor zich uit. Eva liet haar hand liggen. Op de achterbank was Max in slaap gevallen.

Hoofdstuk 2

'EVA?' LEONS STEM DRONG LANGZAAM DOOR. HIJ KWAM van ver weg en Eva fronste eerst verdwaasd voordat ze haar ogen opendeed.

'Hm?' vroeg ze, terwijl ze zich probeerde te oriënteren. Ze knipperde een paar keer, maar haar ogen waren droog doordat ze in slaap was gevallen met haar lenzen in.

'Zijn we er al?' vroeg ze toen verbaasd. Ze reden over een onverharde weg en Eva meende het logo van de camping te herkennen.

Naast haar grinnikte Leon. 'Ja slaapkop, je hebt anderhalf uur liggen pitten. Lekker gezellig.' Hij trok een gezicht om duidelijk te maken dat hij het niet meende.

Nu de slaap begon weg te trekken, voelde Eva zich eigenlijk wel uitgerust. 'Is Max ook niet wakker geweest?'

Leon schudde zijn hoofd. 'Nee, het was echt een enerverende rit.'

Ze reden het terrein van de camping op en Leon zette de auto stil voor de receptie. Eva stapte uit. Meteen drong de geur van het bos haar neus binnen; een combinatie van vocht en dennen. Ze snoof diep en was direct vijftien jaar terug in de tijd. Op haar achttiende was ze hier voor het laatst geweest, maar het leek gisteren. Vreemd toch hoe geur je kon meenemen.

Ze keek om zich heen. Het gebouw van de receptie was recent geschilderd, maar verder was er maar weinig veranderd. Tegenover de receptie, net tussen de bomen, was een zitkuil met in het midden een *fire ring*, die duidelijk voor kampvuren werd gebruikt. Achter de rij bomen begon de camping, met vooraan de kampeerplekken en meer naar achteren de houten huisjes.

Als ze achter zich keek zag ze de onverharde weg waarover ze net hadden gereden. Aan weerszijden ervan was een weiland met grazende schapen en onder een afdakje zag Eva ook een ezel staan. Ze verheugde zich er al op om met Max bij de dieren te gaan kijken. Dat vond hij vast prachtig.

Leon was ook uitgestapt en had zijn arm om Eva heen geslagen. Even bleven ze zo staan, terwijl ze allebei naar de toppen van de bomen keken en de zon die erdoorheen kwam. In Amsterdam was het nog bewolkt geweest.

'Welkom op *memory lane*', zei Leon voor de grap en Eva knikte. Ze deed het achterportier open en plukte Max, die net wakker was geworden, uit zijn maxicosi.

Leon zette koers richting de receptie. 'Laten we eens kijken hoe het met Ron is. Ik ben benieuwd hoe hij er na vijftien jaar uitziet.'

Eva knikte opnieuw, maar zei niks. Dit was waarom ze in eerste instantie niet echt enthousiast was geweest om naar Drenthe te gaan. Ze wist hoe Ron er tegenwoordig uitzag. Althans, hoe hij er anderhalf jaar geleden uit had gezien. Het was natuurlijk heel stom van haar dat ze niet destijds al aan Leon had verteld dat ze wat met Ron had gedronken, maar op dat moment had dat een goed idee geleken. Omdat hij er meer achter zou zoeken en dat was onzin, want er zat niet meer achter. Geen zin in zijn reactie was dan ook haar voornaamste reden om haar mond te houden en dat was, moest ze zelf ook wel toegeven, niet al te slim.

Achter Leon aan liep ze naar de receptie. Er klingelde een belletje toen Leon de deur opendeed. Ongelooflijk dat dat ding er nog steeds hing. Ze keek om zich heen. Binnen was er, op een likje verf na, niet zoveel veranderd. De balie stond nog steeds op dezelfde plek, de tl-verlichting was hetzelfde en zelfs het rek met folders van bezienswaardigheden in de omgeving was onveranderd. Aan de muur hing een wisselautomaat voor wasmachinemuntjes.

Er zat niemand achter de balie. Eva hoorde gerommel in het kantoortje achter de receptie. 'Ik kom eraan!' riep een vrouwenstem. Ergens voelde ze opluchting. Ron was er blijkbaar niet.

Een vrouw van Eva's leeftijd stak haar hoofd om de hoek van de deur. Eva herkende haar meteen. Al was haar haar in de lange bob korter dan vroeger, het had nog exact dezelfde donkerblonde tint. En ze droeg nu een bril, maar dit ronde gezicht was onmiskenbaar dat van Nienke.

'Goedemidd...' zei Nienke, om zichzelf daarna meteen te onderbreken. 'Hé, wat leuk! Eva! Jeetje, je bent geen spat veranderd!' Nienke liep om de balie heen om eerst Eva en daarna Leon te begroeten met een omhelzing en drie zoenen. 'Wat gaaf dat jullie er zijn!' riep ze enthousiast uit. 'Ron zei het al. O, en ik zie dat jullie niet hebben stilgezeten?'

Ze doelde op Max, die op Eva's arm aanschouwde wat er allemaal om hem heen gebeurde. Toen Nienke met haar vinger over zijn wang aaide, begon hij breeduit te lachen.

'Ah, kijk nou', zei Nienke vertederd. 'We zijn nu al dikke vrienden. Hoe heet hij?'

'Max.'

'Hoi Max.' Nienke aaide ook nog even over zijn bol en liep daarna terug naar de balie. 'Kan ik jullie blij maken met een drankje of willen jullie eerst naar het huisje?'

Leon deed zijn mond open om iets te zeggen, maar Eva was hem voor. 'Dat is aardig van je, maar we gaan liever eerst even de spullen uitpakken. Het is niet normaal wat je allemaal moet meeslepen met een baby, de auto zit tot de nok toe vol.'

'O ja, ja natuurlijk.' Nienke knikte een paar keer en reikte in een la voor een plattegrond en een pen. 'Hoewel, ik hoef jullie natuurlijk niet uit te leggen waar het is.'

Eva schudde haar hoofd. Vijftien jaar geleden of niet, ze zou het huisje met haar ogen dicht nog kunnen vinden. 'We komen straks wel even langs', zei ze tegen Nienke. 'Jullie zijn gewoon hier, toch?'

'Ja, de receptie is tot acht uur open en anders zijn we in de bar hierachter. Daar zijn jullie natuurlijk van harte welkom voor een drankje. Van het huis, uiteraard.'

'Dat is aardig', zei Leon meteen. 'Reken maar dat je ons straks ziet.'

Voor Leon uit liep Eva naar buiten. Ze zette Max terug in zijn autostoeltje en nam weer plaats op de passagiersstoel. Leon startte de motor en reed stapvoets het campingterrein op. Eva keek om zich heen. De bomen waren groter geworden, viel haar op. En het toiletgebouw was helemaal vernieuwd. Maar de tent- en caravanplekken zagen er nog precies uit zoals toen. Ze waren bijna allemaal bezet en Eva zag kleine kinderen spelen tussen de bomen.

Een van de leuke dingen van de zomers in Drenthe was dat ze altijd haar vaste vriendjes en vriendinnetjes had gehad – in tien van de vijftien particuliere zomerhuisjes hadden gezinnen gezeten – maar ook allemaal nieuwe kinderen had ontmoet, die dat jaar dan met hun ouders op de camping stonden. Sommigen zag ze nooit meer terug, met anderen had ze een tijdje een briefwisseling onderhouden. En een vaste groep kwam het jaar erop weer naar de camping. Binnen die club had ze zeker acht of negen vriendinnetjes gehad. Ze had zich ooit voorgenomen die vriendschappen niet te laten verwateren als ze niet meer naar de camping ging, maar natuurlijk was dat wel gebeurd. Haar studie en vooral het studentenleven hadden haar opgeslokt, ze maakte nieuwe vrienden en met de oude contacten had ze nu alleen nog een connectie via Facebook. Voor zover ze wist, kwam geen van hen nog op de camping.

Ze reden verder, langs de stacaravans naar de achterste rijen van de camping. Daar, tegen de bosrand, stonden de houten vakantiehuisjes. Vijftien stuks, naast elkaar gebouwd, allemaal hetzelfde ontwerp, maar allemaal anders geschilderd. Langzaam reed Leon langs de rij. 'Dat van mijn ouders is mooi opgeknapt', zei hij, toen ze nummer acht passeerden. Eva wist niet of ze het zich verbeeldde dat er iets van verlangen in zijn stem lag. Toen Leons vader negen jaar geleden aan kanker was overleden, had zijn moeder in eerste instantie gezegd dat ze het huisje zou houden. Maar in de praktijk kwam ze er nooit, omdat ze er in haar eentje niks aan vond op de camping. In plaats daarvan was ze meegegaan met speciale reizen voor weduwen en weduwnaars en nadat het huisje drie jaar leeg had gestaan, had ze het verkocht. Destijds had ze nog gevraagd of Leon interesse had, maar die had het niet eens overwogen. Zijn oudere broer Paul wilde het huisje ook niet overnemen. Die woonde voor zijn werk in Singapore en als hij al eens in Nederland kwam, verbleef hij liever in hun oude woonplaats in Gelderland.

'Nou, daar zijn we', zei Leon een beetje plechtig toen hij de auto stilzette op de onverharde parkeerplaats naast het laatste huisje op de rij. 'Nummer vijftien, geen spat veranderd.'

Daar moest Eva hem gelijk in geven. Ze klikte haar gordel los, stapte uit en pakte Max uit zijn stoeltje voor ze zich omdraaide naar het huisje. 'Kijk Max', zei ze tegen de baby, die opgewekt om zich heen blikte. 'Welkom in papa en mama's jeugd.'

Het chalet stond er mooi bij. Haar vader had het vorig jaar zelf nog helemaal geschilderd en de donkergroene verf glansde in de streep zonlicht die precies tussen de bomen door op het hout viel. Het was kleiner dan Eva zich herinnerde. Natuurlijk wist ze wel dat ze altijd zes weken met haar jongere zusje op een kamer had moeten slapen, maar toch had ze er om een of andere reden niet meer aan gedacht dat in het chalet maar twee slaapkamers waren. Niet dat dat erg was. Bij mooi weer was ze toch het liefst buiten en de woonkamer was knus genoeg om lekker te kunnen zitten als het regende. Voor dat doel was er trouwens ook een kleine veranda aan de achterkant van het huis.

Leon snoof diep. 'Wat ruikt het bos toch lekker.'

Eva knikte en liep achter hem aan naar de voordeur aan de zijkant van het huisje. Voor de deur lagen een paar tegels, maar die waren bijna niet te zien onder het dek van blaadjes en naalden. Met haar slipper veegde Eva ze aan de kant. Leon stak de sleutel in het slot en piepend zwaaide de deur open. Uit het huisje kwam hun een golf van muffe warmte tegemoet.

'Eerst maar eens een raam open', zei Leon, die meteen doorliep naar de woonkamer. Eva bleef even staan in het bedompte halletje. Elke zomer als ze aankwamen, rook het hetzelfde in het huis. Voor haar betekende dit de geur van vakantie.

Ze liep ook door naar de woonkamer, waar Leon intussen de gordijnen aan de kant had geschoven en een raam had opengezet. Haar ouders hadden een paar jaar geleden de oude rotanmeubels vervangen door een fijne bank en twee comfortabele stoelen. Ook het eikenhouten tv-kastje van vroeger stond er niet meer. In plaats daarvan hing de televisie gewoon aan de muur.

Eva draaide zich om naar de kleine, open keuken. Die was in al die jaren niet veranderd, al was het wit van de kastjes dan misschien wat minder fris geworden. Op het aanrecht stond een koffiezetapparaat met filters. Ze glimlachte. De eenvoudige levensstijl van haar ouders had wel iets moois. Ze liep naar het raam en trok het rolgordijn omhoog. Er schoot een eekhoorntje weg.

'Zo, dit zal wel helpen.' In een keukenla had Leon de sleutel van de tuindeuren gevonden. Even later stroomde de boslucht het huisje binnen. Eva stapte naar buiten. Nu wist ze weer waarom dit zo'n unieke plek was. Het huisje zelf had niet meer dan de veranda en een klein stukje tuin, maar doordat het aan de rand van de camping lag en aan één kant geen buren had, was het net alsof het bos erachter er ook nog bij hoorde. Een klein paadje leidde slingerend tussen de bomen door. Als je het volgde kwam je uiteindelijk bij het vennetje.

'Ik ga de spullen uitpakken', zei Leon, waarna hij naar de auto liep. Eva ging achter hem aan. Even later lag Max op het speelkleed in de huiskamer te kraaien onder de babygym. Eva wilde een triomfantelijke opmerking maken, maar hield zich in. Nu de sfeer was hersteld, kon ze er maar beter voor zorgen dat dat zo bleef, en haar gelijk halen over zoiets als een babygym zou daar vast niet aan bijdragen. Het was ook niet belangrijk. Wat telde was dat ze aan het begin stonden van een heerlijke vakantie. Ze wist niet of het kwam door het bos, het huisje, de zon of een combinatie van alles, maar ze had zich in tijden niet zo ontspannen gevoeld.

Hoofdstuk 3

'ZULLEN WE EVEN NAAR DE RECEPTIE LOPEN?'

Met een verhit gezicht kwam Leon de kamer binnen. Eva zette net de laatste spullen in de koelkast, blij dat ze gisteren al boodschappen had gedaan en die in de koelbox had meegenomen. De dichtstbijzijnde supermarkt was twintig minuten verderop en te oordelen naar wat ze net in het voorbijgaan vluchtig had gezien, was het assortiment van de campingwinkel de afgelopen jaren ook niet uitgebreid. Voor een pak spaghetti of toiletpapier kon je er terecht, maar veel meer moest je niet verwachten.

'Heb je iets nodig?'

Leon schudde zijn hoofd. 'Nee, maar we hebben het beloofd aan Nienke. En we hebben Ron nog niet gezien, natuurlijk.'

Eva knikte, nonchalant, naar ze hoopte. 'Dat heeft toch

geen haast? Ik had me verheugd op een glas wijn in de zon.' Ze deed de koelkast weer open en haalde er de fles chablis uit, die ze thuis al koud had gelegd. 'Deze is aardig koel gebleven. En ik heb ook die lekkere Japanse zoutjes meegenomen.'

Meer was er niet voor nodig om Leon te overtuigen. 'Ik ga de stoelen in de zon zetten.'

Eva pakte een opener en twee glazen en deed de zoutjes in een kom. Ze liep naar buiten, waar Leon het tuinmeubilair van de veranda naar het terras in de zon had verplaatst. Max lag inmiddels in zijn kinderwagen en sukkelde weer bijna in slaap, zag Eva toen ze langsliep. Zo onrustig als hij 's nachts was, zo goed sliep hij overdag.

Ze zette de wijn, glazen en zoutjes op tafel en maakte de fles open. Daarna schonk ze hun glazen ruim in. Ze proostten en Eva nam een slok van de koele, friszure wijn. 'Mmm', zei ze genietend. 'Hier kijk ik al de hele dag naar uit.'

'Mevrouw de alcoholist', zei Leon lachend.

Eva grijnsde. 'Vakantie en wijn horen gewoon bij elkaar.'

'Dat is waar.' Leon liet zijn blik ronddwalen. Die bleef hangen op een punt in het verlengde van het tuintje, bij de bosrand. 'Het pad is er nog.' Hij wees naar het begin van een smal bospad, eigenlijk meer een opening tussen de bomen.

Eva knikte. 'Ik zag het al.' Daarna glimlachte ze even. 'Weet je nog...'

'Ja.' Er kwam iets zachts over Leons gezicht. Eva wist dat ze aan hetzelfde dachten. De keren dat ze samen over dat pad waren gelopen, het bos in, om daar vervolgens urenlang op een omgevallen boomstronk te zitten. Zoenen, kletsen. Eva was zeventien geweest, Leon negentien. Die zomer was het tussen hen begonnen, en net zo hard weer geëindigd. Eva had het beschouwd als een vakantieliefde. Een heftige vakantieliefde wel, want ze was smoorverliefd op Leon geworden.

Gek eigenlijk. Ze kende hem toen al zeven jaar, maar nooit eerder had ze hem zo leuk gevonden. Aan het einde van de zomer hadden ze niet echt iets afgesproken. Ze wist niet of het nog aan was. Of het überhaupt ooit aan was geweest, want om die duidelijkheid had ze niet gevraagd. Ook al waren ze die vakantie wel tien keer met elkaar naar bed geweest, die ene vraag had ze niet durven stellen. Ze waren naar huis gegaan en hadden wekenlang geen contact gehad. Eva had verwacht dat Leon al snel uit haar gedachten zou verdwijnen, zoals al haar vriendjes in die tijd snel uit haar gedachten verdwenen. Maar dat was niet gebeurd. Het duurde alleen wel maanden voordat ze de moed bij elkaar had geraapt om hem te bellen. Achteraf bekende hij dat hij al die tijd hetzelfde had willen doen, maar het niet durfde.

Daarna was het snel gegaan. Ze hadden afgesproken in een cafeetje in Utrecht en waren blijven slapen in het appartement van een vriend van Leon die zelf niet thuis was. Eva had eigenlijk niet meer naar huis gewild. Ze herinnerde zich nog hoe ze dronken van verliefdheid Leon had voorgesteld om dan maar meteen te gaan samenwonen. Daar had hij om gelachen, maar antwoord had hij niet gegeven. Achteraf gezien was Eva blij dat ze het niet hadden gedaan. Ze waren allebei nog zo jong geweest. Nadat ze nog één zomer met elkaar en hun ouders in Drenthe hadden doorgebracht en ze allebei heel zeker wisten dat ze samen verder wilden, waren ze los van elkaar in Amsterdam gaan wonen. Hij in een kamer op de Vijzelgracht, zij op een zolderetage op de Bilderdijkstraat, die ze deelde met een vriendin.

Het geluid van een vogel in de boomtop hoog boven haar haalde haar uit haar gedachten. Ze keek omhoog, maar zag niks. Door het bladerdek viel een reep zonlicht, precies op haar gezicht. Genietend sloot ze haar ogen, nam nog een slok wijn en bedacht dat het tegelijkertijd zo kort en zo lang geleden leek dat ze in Amsterdam waren komen wonen. Leon had zich gestort op zijn rechtenstudie, Eva was twee keer van studie veranderd, tot ze uiteindelijk hr-management op de hogeschool was gaan doen. Ze hadden samen het studentenleven beleefd, waren volwassen geworden en hadden hun best gedaan elkaar niet kwijt te raken in de verleidingen die de grote stad met zich meebracht. Dat laatste was niet gelukt. Op haar tweeëntwintigste was Eva verliefd geworden op een Spaanse medestudent. Nog voor ze het schoorvoetend aan Leon had opgebiecht, lag de Spanjaard alweer met de volgende studente in bed, maar Eva had het beschouwd als een wake-upcall. Ineens had het idee dat ze het de rest van haar leven alleen maar met Leon zou doen, haar benauwd. En dan bedoelde ze niet alleen seks, maar alles. Het was niet dat ze niet van hem hield of niet blij was met hun relatie, maar ze kenden elkaar zo door en door. Spannend was het eigenlijk al niet meer, en dan was ze pas tweeëntwintig. Al haar vriendinnen hingen de beest uit, hadden onenightstands of relaties van twee weken die bestonden uit niks anders dan seks en diepvriespizza's. Mannen van wie ze zich achteraf niet eens de naam konden herinneren. Foute types met wie ze never nooit hun leven zouden delen, maar die ofwel een goed verhaal of een paar dagen liefdesverdriet opleverden, en soms allebei. Eva lachte met hen mee, leefde met hen mee, genoot van hun verhalen en voelde zich hoe langer hoe meer bejaard in haar eigen relatie. De Spanjaard en een dronken vrijpartij waar ze zich achteraf zowel schuldig als opgewonden over voelde, hadden haar wakker geschud. Ze had het uitgemaakt met Leon en had daarna een jaar lang alles gedaan wat haar vriendinnen deden, tot ze tot de conclusie was gekomen dat de kortstondige lol ervan niet anders was dan een heel dun laagje opwinding, waar verder niks onder zat. Maar tegen de tijd dat de spijt om de hoek kwam kijken, had ze allang geen contact meer met Leon.

Ze geloofde eigenlijk niet in het lot, maar ze wist ook geen andere verklaring voor het feit dat ze hem net in die tijd weer tegen het lijf was gelopen. Hij was een paar maanden met een ander meisje geweest, maar dat was uit. Eerst was het ongemakkelijk geweest om hem weer te zien. Ze kon hun ontmoeting van zijn kant niet bepaald hartelijk noemen. Maar de eerste paar biertjes hadden de sfeer goedgedaan, de volgende paar hadden hen allebei doen toegeven dat ze elkaar misten en uiteindelijk hadden ze die avond dronken in een hoek van de kroeg zo'n beetje elkaars kleren van het lijf gescheurd.

Achteraf was Eva blij met het jaar waarin ze uit elkaar waren geweest, omdat het haar onrust had weggenomen. Niet lang daarna ging haar huisgenoot verhuizen en was Leon bij haar ingetrokken.

'Jij nog?'

Een beetje gedesoriënteerd keek Eva op. Ze was zo diep in gedachten geweest dat ze helemaal niet doorhad dat haar glas leeg was. En dat Leon naar binnen was gelopen om de fles te pakken.

'Lekker.' Ze stak haar glas in de lucht en keek toe hoe Leon het volschonk. 'Slaapt Max?'

'Als een roos.'

Eva glimlachte. Het was lekker om even te kunnen zitten. Misschien kon Max door zijn twee lange slaapjes vanavond moeilijk in slaap komen, maar dat zag ze dan wel weer. Hem nu wakker maken wilde ze al helemaal niet. Dan was hij gegarandeerd huilerig tot de avond en daar had ze vooral zichzelf mee.

'Hebben Nienke en Ron eigenlijk kinderen?' vroeg Leon, die de wijn had teruggezet en weer naast haar ging zitten.

Eva haalde haar schouders op, hoewel ze het antwoord wist. 'Volgens mij niet', zei ze nonchalant. 'Die hebben ook wel iets anders aan hun hoofd. Het lijkt me hard werken, zo'n camping. Ik denk dat al hun tijd erin gaat zitten.'

Leon dacht even na en knikte. 'Ja, ik... O.' Het geluid van zijn telefoon onderbrak hem. Hij keek op het scherm en zei met een spijtige blik: 'Sorry, deze moet ik even nemen.'

Eva knikte. Ze was eigenlijk niet anders gewend. Leons werk ging meestal gewoon door tijdens hun vakanties, vooral tijdens de eerste dagen.

Terwijl Leon naar binnen liep om te bellen, liet Eva haar gedachten afdwalen. Ze was blij dat ze Leon had kunnen overhalen nog even hier te blijven. Natuurlijk zouden ze straks naar de receptie lopen, natuurlijk zouden ze Ron gedag zeggen en ongetwijfeld zouden ze samen wat drinken. Maar nu ze hier was en zich realiseerde dat ze hem straks zou spreken, was het alsof ze nog even wat extra tijd nodig had.

Ze hadden met elkaar afgesproken als oude vrienden. Ron had haar toegevoegd op Facebook, Eva had zijn verzoek natuurlijk meteen geaccepteerd. Hij was een van die vrienden van de camping, een van de figuren die de zomers uit haar jeugd kleurden. Hij had eindelijk ook Facebook genomen, schreef hij op zijn pagina, honderd jaar na de rest van de wereld. En nu kwam hij erachter dat al die mensen die hij al jaren niet meer sprak, helemaal niet van de aardbodem waren verdwenen. Toen ze hem had geaccepteerd, had hij haar vrijwel meteen een persoonlijk berichtje gestuurd waarin hij had gevraagd hoe het met haar ging en wat zij tegenwoordig deed. Eva had geantwoord dat ze als accountmanager bij een uitzendbureau werkte. Daarna had ze geschreven dat ze hem niet dezelfde vraag hoefde te stellen en had ze hem gefeliciteerd met het feit dat hij een jaar daarvoor camping Dennenrust had overgenomen van de oude eigenaars. Jannes en Thea – die in Eva's beleving al hun hele leven bejaard waren – hadden na veertig jaar besloten eindelijk met pensioen te gaan. Hun kinderen hadden geen interesse gehad in de camping en nadat het er even naar uit had gezien dat deze moest sluiten, hadden zich twee kopers gemeld in de personen van Ron en Nienke. Dat wist Eva wel, haar ouders hadden het haar verteld. Die hadden er weinig vertrouwen in gehad dat twee van die onervaren mensen de camping konden leiden, maar Eva had begrepen dat het hun wonderwel goed afging.

Ron had op haar bericht geantwoord dat hij en Nienke erg genoten van de camping, maar dat het wel hard werken was. Daarover gesproken, had hij geschreven: hij was binnenkort in Amsterdam om te praten met een leverancier van zonnepanelen. Had Eva misschien zin om iets te gaan drinken, als hij toch in de buurt was?

Leon was toevallig een paar dagen voor zijn werk in Londen geweest. Ze had hem niet verteld dat ze met Ron had afgesproken. Omdat het niet belangrijk was, had ze destijds tegen zichzelf gezegd. Omdat ze wist dat hij weleens vreemd op zoiets kon reageren, was de eerlijke reden. Dat was zijn bezitterige kant, die soms een beetje doorsloeg naar jaloezie op niks af. Dan was het moeilijk om hem ervan te overtuigen dat hij zich zorgen maakte om niks. Ze koos dan liever de makkelijke weg.

Het was helemaal geen kwestie. Niet voor haar en niet voor Ron. Dat het voelde alsof ze iets voor Leon verborg sloeg nergens op, want er viel simpelweg niets te verbergen. Ze hadden een wijntje gedronken samen. Nou ja, een fles. Als oude vrienden, niets meer en niets minder. Ze hadden herinneringen opgehaald aan vroeger, aan de camping. De zomers met hun vriendengroep, de verkeringen die waren ontstaan en verbroken. Hoe Leon, Ron, Nienke en zij vaak met hun vieren waren opgetrokken, toen er nog geen relaties waren geweest.

In het huisje was Leon nog steeds aan het bellen. Hij klonk hoe langer hoe meer geërgerd. Eva keek even om, maar zag hem niet. Ze hoopte maar dat hij zijn werk straks weer kon loslaten. Hij had Nienke nu eenmaal beloofd dat ze straks nog wat kwamen drinken en dan was het niet echt gezellig als Leons humeur werd bepaald door werkperikelen.

Nu ze weer op de camping was, werden Eva's gedachten automatisch teruggetrokken naar hun vriendschap van toen. Toen ze kleiner was, had ze niet veel met Nienke opgetrokken. Eva was een echt meisje geweest. Poppen en barbies, dat was haar voornaamste speelgoed geweest. Met haar roze fietsje ging ze de hele camping over en ze wilde best tafeltennissen met haar zusje, maar voetbal vond ze stom. Ze hield van zwemmen in het vennetje, maar deed niet mee aan de wedstrijdjes die de jongens organiseerden en ze dook ook niet wild vanaf een overhangende boom het water in.

Nienke wel. Die was stoerder, onverschrokken. Eva wist niet of het woord toen al bestond, maar in de huidige tijd zou de Nienke van toen vast een tomboy worden genoemd. Ze was dapperder dan de jongens, ze speelde hen weg bij het voetballen, ze dook harder en hoger het water in. Eva had weleens tegen haar moeder gezegd dat ze Nienke een beetje gek vond. Welk meisje had nou liever een crossfiets dan een prinsessenfiets met een mandje? Ze herinnerde zich nog dat haar moeder haar belerend had toegesproken na die opmerking. Dat Nienke niet hetzelfde was als zij, betekende natuurlijk niet dat ze gek was. Maar toch was Eva niet van plan geweest om vriendinnen met haar te worden. Dat werd ze wel met de meisjes die net als zij in elkaars poëziealbum wilden schrijven.

In de puberteit was Nienke echter veranderd, en Eva misschien ook wel. In elk geval hadden ze meer met elkaar opgetrokken en ze waren tijdens de vakanties in Drenthe zelfs vriendinnen geworden. Hun vriendschap was eerder niet zo diep geweest. Nienke was niet degene geweest met wie Eva haar verliefdheden besprak of aan wie ze vertelde met welke jongen ze had gezoend. Maar dat was veranderd toen zij en Eva met Leon en Ron hadden opgetrokken. Allebei waren ze verliefd geweest en daar hadden ze toen ineens wel urenlang over kunnen praten. Over hoe bloednerveus ze waren geweest, elke keer als ze de jongens zagen. Over dat ze niet wisten of Ron en Leon ook verliefd waren en zo ja, op wie.

Eva herinnerde zich nog precies waar zij en Nienke het allemaal doornamen: op het bankje naast de stenen pingpongtafel bij de ingang. Net in het voorbijgaan had ze al gezien dat de tafel er nog stond.

Met Ron had ze het vorig jaar natuurlijk niet over deze gesprekken gehad. Ze hadden voornamelijk de mensen van de camping besproken. Mensen die Eva al bijna was vergeten. Het bejaarde echtpaar dat destijds al meer dan twintig jaar een stacaravan had en voor wie alle kinderen een beetje bang waren, omdat de man enorm boos werd als er per ongeluk een bal in de buurt van zijn caravan belandde. Eén keer had Ron een van de vele tuinkabouters rondom de stacaravan omvergeschopt met zijn voetbal. Expres, natuurlijk. Zijn vader moest eraan te pas komen om de boel te sussen.

Ron had verteld dat die mensen tot vier jaar geleden nog steeds elke zomer acht weken in de stacaravan hadden gezeten, tot de man op een ochtend dood in bed lag. Hartaanval. Hoewel dat natuurlijk niet leuk was, hadden ze er samen een beetje om gegniffeld dat zijn hart al die druktemakerij blijkbaar niet had overleefd.

Zo waren er die avond wel meer mensen van vroeger de revue gepasseerd: de tweeling van tien die eens min of meer expres een chalet in brand had gezet, de man van een van de huisjes die een jarenlange zomeraffaire bleek te hebben met de vrouw uit een ander huisje, de vrouw die gewond raakte toen ze van het dak van een stacaravan was gevallen – destijds had Eva het heel normaal gevonden dat iemand blijkbaar op het dak van een caravan was gaan zitten, pas later had ze begrepen dat de vrouw midden op de dag hartstikke dronken was geweest – en natuurlijk hadden ze het gehad over de oude eigenaars van de camping. Thea en Jannes, een lieve vrouw en een grote, altijd wat norse man die volgens Ron uiteindelijk alleszins meeviel, maar daar kwam hij pas achter toen hij de camping van hem kocht. Jannes was gewoon een Drent, had Ron schouderophalend gezegd. Die waren nu eenmaal wat stug. Eva wilde dat best geloven, maar dat nam niet weg dat ze als kind altijd een beetje bang was geweest voor hem.

Uiteraard was met het verstrijken van de avond ook Saskia ter sprake gekomen. Eva moest toegeven dat ze in jaren amper aan het meisje had gedacht. Natuurlijk, zo nu en dan flitste er weleens een herinnering door haar hoofd. Toen de zaak van Maddie McCann breed werd uitgemeten in de media, had ze regelmatig haar gedachten terug laten gaan naar Saskia. Er waren parallellen: ook Saskia was op een dag gewoon verdwenen, ook van haar was nooit een spoor teruggevonden. Saskia was alleen een stuk ouder geweest: vijftien in plaats van drie. En haar zaak was niet verder gekomen dan de landelijke media. Omdat het zomer was, en komkommertijd, was de aandacht lang groot gebleven, maar uiteindelijk was die verstomd omdat er geen nieuwe feiten kwamen.

Dat vond Eva nog steeds heel vreemd: dat er niets was gevonden. Saskia was op klaarlichte dag verdwenen en toch had niemand iets gezien. Geen bruikbare tips, geen sporen, geen getuigen. Ja, een paar kinderen wisten te vertellen dat ze had gezegd dat ze weg moest, maar daar kon de politie niet zoveel mee. Saskia had niet gezegd waar ze heen ging en niemand wist of ze uit vrije wil was vertrokken. Eva had het er die avond met Ron ook nog over gehad en die herinnerde zich nog een paar scenario's die destijds gangbaar waren geweest, maar ondanks uitgebreid politieonderzoek waren ook die denkrichtingen uiteindelijk doodgelopen.

Eva staarde naar de bomenrij en schudde even haar hoofd. Destijds was het een spannende zaak geweest, maar natuurlijk was het vooral heel erg triest.

Ze keek op toen Leon het terras weer op kwam. Hij keek geërgerd. 'Wat is er?' vroeg Eva.

Hij schudde zijn hoofd, snoof even en ging toen zitten. 'Ach, die vakantiekracht...' Hij ging niet verder, maar pakte in plaats daarvan zijn telefoon en begon druk een mail te typen. Toen hij daarmee klaar was, keek hij voor zich uit, diep in gedachten verzonken. Eva hoefde hem niet te vragen waar hij aan dacht. Antwoord kwam er toch niet en bovendien ging het alleen maar over werk. Uiteindelijk pakte hij zijn telefoon weer op en het tafereel herhaalde zich. Vanaf opzij keek Eva naar zijn gelaat, zoals ze het de laatste tijd zo vaak had gezien. Geconcentreerd, er zat iets hards in.

Binnen was Max wakker geworden. Hij begon te sputteren. Leon leek het niet te horen. Eva stond op en liep het huisje in.

Hoofdstuk 4

'Op een mooie vakantie!' Ron hield zijn wijnglas in de lucht en tikte er eerst mee tegen dat van Leon en daarna dat van Eva. 'Nou ja, voor jullie dan.' Hij grijnsde naar Nienke. 'Voor ons zit vakantie er voorlopig niet in.'

'Dat is het lot van een campingbaas', zei Nienke quasivermoeid. 'Gelukkig hebben wij de rest van het jaar vrij, als je de opmerkingen van andere mensen mag geloven.'

Ron trok een gezicht. 'Dat dacht ik ook toen we de camping overnamen. Bleek dat even tegen te vallen. In de winter is het net zo hard werken.'

'Is het zo erg?' vroeg Leon, die een slok van zijn wijn nam en daarna het glas op de houten terrastafel zette.

'Welnee.' Ron wuifde de opmerking weg. 'Natuurlijk is het hard werken, maar ik heb het nog nooit zo naar mijn zin gehad. Het ondernemer-zijn, de vrijheid, ik vind het heerlijk. Hiervoor werkte ik op het kantoor van een tegelbedrijf. Ik viel elke dag in slaap achter mijn computer.' Terwijl hij praatte, maakte hij weidse armgebaren. 'Hier ben ik elke dag buiten. Ik ontmoet leuke mensen, heb altijd een praatje en de gasten hebben het naar hun zin. Een betere baan is er niet.'

'Als je het zo zegt, wil ik ook morgen een camping overnemen', lachte Leon. 'Dan ziet mijn leven op de Zuidas eruit als een gevangenis.'

'Dat is het ook', antwoordde Ron grinnikend. 'Hoewel het nog net niet het kantoor van een tegelbedrijf is.'

'Heb je een leuke baan?' vroeg Nienke aan Leon.

Die knikte. 'Ja, ik hou heel erg van mijn werk. We hebben een paar ontzettend interessante zaken lopen momenteel en ik hoop dat ik volgend jaar of het jaar erop partner kan worden, dus er is genoeg om me voor uit te sloven.' Hij grijnsde. 'Iets te veel uitsloven soms, vindt Eva.'

Eva lachte. 'Het is dat ik af en toe Leons telefoon uit zijn handen pak, anders was hij er al aan vastgegroeid.'

'Met wat voor zaken hou je je dan voornamelijk bezig?' vroeg Nienke.

Eva zat met Max op schoot en luisterde naar wat Leon over zijn werk vertelde, zonder het echt te horen. Ze keek naar Nienke, die een beetje naar hem toe geleund zat en geïnteresseerd keek. Ook Ron bemoeide zich met hun gesprek.

Eva was rozig van de vier glazen wijn die ze inmiddels had gedronken. De geur van barbecue drong in haar neus door. Ron en Nienke hadden hen uitgenodigd om in het restaurant te komen eten, waar vanavond een speciale grill-avond plaatsvond. Het was gezellig druk op het terras en in de speeltuin ernaast. Eva keek naar de uitgelaten kinderen die zich vermaakten op de hoge glijbaan en in een soort draaimolen waarin ze zelf moesten trappen. Ze streek met haar vinger over Max' zachte babywangetje. Misschien zou hij over een paar jaar ook wel zo vrolijk in diezelfde speeltuin in de weer zijn.

'Weet je nog, Eva?'

'Hm?' Ze maakte haar blik los van de spelende kinderen en keek Nienke aan toen haar iets werd gevraagd. 'Sorry, ik luisterde even niet.'

'Die zomer dat Saskia verdween.'

Eva wist niet hoe het gesprek van Leons werk zo snel op Saskia was gekomen. Ze trok haar wenkbrauwen op. 'Ja, dat was wat.' Ze knipperde een paar keer. De wijn had haar slomer gemaakt dan ze eigenlijk wilde. 'Die zaak is nog steeds niet opgelost, hè?' zei ze, hoewel ze het antwoord natuurlijk wel wist.

Nienke schudde haar hoofd. 'Nee, en de politie werkt er ook al jaren niet meer aan. Heel af en toe komt er een nieuwe tip binnen die ze dan even onderzoeken, maar dat heeft nog nooit tot een nieuw aanknopingspunt geleid.'

'Bizar dat er sowieso nooit één aanwijzing is geweest', zei Leon hoofdschuddend. 'Het was die zomer zo druk op de camping, je zou toch denken dat iemand wel iets heeft gezien. Ze is nota bene op klaarlichte dag verdwenen.'

Eva knikte half. Nu Leon het noemde, herinnerde ze zich weer dat Saskia inderdaad rond een uur of drie 's middags was verdwenen. Ze was met een groepje bij het zwembad geweest. Eva had ook tot het begin van de middag gezwommen en was daarna met haar zusje Maaike naar het huisje teruggegaan om te lunchen. Na het eten was ze weer naar het zwembad geweest, tot ze met een clubje het idee hadden gekregen om naar het strandje te vertrekken. Ze waren daar nog maar net aangekomen, of ze hoorden iemand zeggen dat er een meisje was verdwenen. Al snel was er opwinding ontstaan en toen was Eva met de rest teruggegaan naar het zwembad. Het duurde niet lang voordat de politie er was.

Het vreemdste was dat het die dag heel druk was bij het zwembad en dat Saskia met een groepje vriendinnen was geweest. De vriendinnen lagen in het water. Saskia was daar ook bij, tot zij ineens naar de kant was gezwommen en uit het water was gegaan. Een van de meiden had haar dus nog horen zeggen dat ze weg moest, maar niemand wist waarom precies en of het toeval was dat ze daarna spoorloos was verdwenen.

De politie had de verdwijning meteen hoog opgenomen. Eva had nog nooit zoveel politieauto's bij elkaar gezien. Aan het einde van de middag waren er al tientallen agenten bezig met de zoekactie, geholpen door heel veel vrijwilligers van de camping en uit de omgeving. Eva's vader had ook nog meegezocht in het bos. Tegen halfnegen had de groep het moeten opgeven omdat het in het bos zo donker was geworden dat zoeken geen zin meer had. Gedesillusioneerd waren de vrijwilligers teruggekeerd naar de camping, om de volgende ochtend voor dag en dauw alweer aan de slag te gaan. Dat hadden ze twee dagen gedaan, tot de omgeving tot in detail was uitgekamd en er niet één aanwijzing was gevonden.

'En volgens mij heeft de politie ook nooit één aanknopingspunt gevonden', zei Nienke, toen Eva hardop herinneringen aan die vrijwilligersactie ophaalde. 'Terwijl ze toch heel veel mensen hebben gesproken. Mijn vader is ook nog verhoord.'

'De mijne ook', knikte Eva. 'Die arme man heeft nog nooit een vlieg kwaad gedaan.'

'Het leek ook wel alsof de politie het eigenlijk niet zo goed wist en daarom maar zoveel mogelijk mensen ging verhoren', zei Leon peinzend. 'Alsof ze daarmee in ieder geval de buitenwereld het idee konden geven dat ze heel diepgravend onderzoek deden.'

Ron knikte. 'Dat deden ze ook wel, denk ik. Maar ze kwamen gewoon niet verder. Wie het ook gedaan heeft, het was de perfecte misdaad.'

'Als het tenminste een misdaad was', zei Nienke. Ze tikte nadenkend met haar vinger tegen haar lippen. 'De politie had destijds ook een theorie dat ze gewoon zelf weggelopen was. Al is het dan natuurlijk wel vreemd dat ze nooit meer ergens is opgedoken.'

'Misschien was het een combinatie van allebei', zei Eva. 'Het kan toch zijn dat ze is weggelopen en daarna de verkeerde is tegengekomen. Weet jij veel wie er allemaal in dat bos rondloopt. Saskia was een knap meisje en er zijn vast genoeg mensen met verkeerde bedoelingen.'

'Hè jakkes', zei Nienke huiverend. 'Ik krijg het weer helemaal koud als ik eraan denk.'

'Jouw vader zou moeten weten wat voor types er allemaal in het bos rondkuieren', zei Leon tegen Ron. 'Hij is ze als boswachter vast al een keer tegengekomen.'

Ron knikte. 'Hij is toen ook verhoord door de politie, zoals al die andere mannen. Later hebben ze hem bij het onderzoek betrokken als een soort adviseur, maar hij kon ze niet echt helpen. Het bos is groot en hij heeft Saskia er nooit gezien. Hij was die dag trouwens ook helemaal niet in het bos, hij was naar Assen om wat nieuw gereedschap te kopen. Dat vond hij achteraf heel erg. Hij heeft heel lang het idee gehad dat hij het misschien wel had kunnen voorkomen als hij toevallig in de buurt was geweest.'

'Dat lijkt me heel frustrerend', knikte Eva. 'Juist omdat hij het bos op zijn duimpje kent. Werkt hij eigenlijk nog?'

Ron schudde zijn hoofd. 'Nee, hij is een paar jaar geleden met pensioen gegaan. Maar van een oud-boswachter kun je niet verwachten dat hij ineens hele dagen binnen gaat zitten, dus nu maakt hij vaak lange wandelingen. En hij helpt de huidige boswachter met klusjes. Een hek dat gerepareerd moet of een omgevallen boom die verwijderd moet worden.' Hij grinnikte even. 'Dat is voor mijn moeder ook beter, want die werd gek toen hij ineens thuiszat. Hij werd er niet gezelliger op.'

Eva lachte ook. 'Gezellig' was sowieso geen woord dat ze bij de vader van Ron vond passen. Wat ze zich van hem herinnerde was een wat stugge man die altijd in oude kleren liep. Ze had nooit veel woorden met hem gewisseld, maar soms liep hij weleens over de camping of kwam hij even bij Ron kijken als die aan het spelen was. Ook al woonden Ron en zijn familie dicht bij de camping, ze zaten toch de hele zomer in hun stacaravan. Ron had weleens verteld dat ze met z'n vijven in een klein rijtjeshuis woonden, met een tuin ter grootte van een postzegel. De zomers op de camping waren een verademing qua ruimte. Buiten de vakanties zaten zij er ook elk weekend.

'Ik vraag me weleens af of Saskia in de huidige tijd wel zou zijn gevonden', bracht Nienke het gesprek terug op het oorspronkelijke onderwerp. 'Er zijn nu veel meer opsporingstechnieken. Laatst keek ik een programma over de politiehelikopter. Ze kunnen tegenwoordig zoveel, ze vinden een verdachte van een inbraak nog als die zich in een vuilcontainer heeft verstopt, omdat de helikopter apparatuur heeft waarmee warmte wordt gemeten. Dan zou je denken dat ze een meisje in het bos ook moeten kunnen vinden.'

'Tja.' Eva knikte. 'Misschien wel. Dat moet voor de ouders van Saskia wel een frustrerend idee zijn.'

'Zijn die ooit nog naar de camping teruggekeerd?' vroeg Leon.

Ron haalde zijn schouders op. 'Volgens mij niet.'

'Ik weet nog dat ik na de verdwijning van Saskia echt niet meer zonder toezicht naar het zwembad mocht', zei Eva. 'Mijn vader ging elke keer mee en zat dan op twee meter afstand op zijn handdoek te doen alsof hij niet bij mij hoorde.' Ze grinnikte. 'Destijds vond ik dat natuurlijk heel stom.'

Nienke knikte. 'Volgens mij gold dat voor alle ouders. Iedereen was doodsbenauwd. Maar er is nooit meer iets gebeurd.'

Eva nam een slok van haar rode wijn. Onbewust had ze Max dichter tegen zich aan getrokken. Natuurlijk had ze altijd beseft hoe verschrikkelijk het moest zijn voor Saskia's ouders dat hun dochter was verdwenen, maar nu ze zelf een kind had, kreeg ze al buikpijn als ze de gedachte zelfs maar een klein beetje toeliet. Ze wilde zich niet eens voorstellen hoe het zou zijn als Max van het ene op het andere moment opgelost leek te zijn in het niets. Hoe bang je dan was, hoe verdrietig, hoe boos, hoe schuldig je je zou voelen. Het idee dat hij ergens alleen was, doodsbang, vastgehouden of opgesloten, in pijn. Er liep een rilling over haar rug. Ze legde haar gezicht op zijn hoofdje en snoof zijn babygeur diep op.

'Volgens mij is het buffet geopend', zei Ron met een blik naar binnen. Hij stond op. 'Ik raad jullie aan om snel te gaan, want de spareribs van mijn onvolprezen chef-kok Richard zijn zo populair dat ze altijd als eerste op zijn.'

'Nou, dat laat ik me natuurlijk geen twee keer zeggen.' Leon stond op, Eva volgde zijn voorbeeld en zette Max op haar heup. Ze voelde zich een beetje draaierig. Misschien kon ze maar beter geen wijn meer drinken, al had ze zich in tijden niet zo ontspannen gevoeld.

Acht uur pas en ze had nu al het gevoel dat ze er een hele dag op had zitten. Eva knipperde een paar keer en keek opnieuw naar het digitale klokje van de magnetron of ze het echt goed had gezien. 8.02 uur. En ze was al drie uur op.

Net als gisteren was Max om vijf uur wakker geworden, maar deze keer had hij zich niet in slaap laten sussen met een fles melk. Eva had nog geprobeerd Leon wakker te porren, maar die had zich met wat geërgerd gegrom gewoon nog eens omgedraaid. Daarom was ze er zelf maar uit gegaan. In de woonkamer had ze nog een halfuur rondjes gelopen, Max gewiegd, liedjes gezongen, maar hij was echt veel te wakker om nog in te dommelen. En dat nadat hij 's nachts ook al een paar keer had gespookt. De verandering van omgeving maakte hem onrustig. Max was juist een jongetje dat heel erg hield van regelmaat en vertrouwdheid. Ze had eigenlijk kunnen weten dat dit zou gebeuren als ze hem in een vreemd bedje op een vreemde kamer zou leggen. Eigenlijk was dit precies de reden dat ze liever thuis was gebleven en tot nu toe was ze op dat gebied niet echt positief verrast. Ergens vanbinnen voelde ze een doorlopende irritatie, die zich steeds verder opbouwde. In plaats van schaamteloos uit te slapen had Leon ook om zeven uur op kunnen staan om haar nog een of twee uur slaap te gunnen, of in elk geval het genoegen van domweg in bed liggen en even niks hoeven.

Eva wist niet eens precies hoe vaak ze eruit was geweest. In elk geval om halfeen, toen ze eigenlijk pas net goed en wel in slaap was gevallen. Toen nog een keer rond een uur of drie, en ze herinnerde zich ook dat ze net weer in bed was gekropen toen opnieuw Max' gehuil door de babyfoon klonk. Het moest een uur of halfvier zijn geweest. Dat ze gistermiddag en -avond meer wijn had gedronken dan in tijden het geval was geweest, hielp ook niet mee. Ze voelde zich duf en katerig.

'Sst maar', fluisterde ze zachtjes tegen de baby in haar armen. Max was nog steeds onrustig. Hij had zijn grote blauwe kijkers op Eva's gezicht gericht en elke keer als ze bewoog voelde ze hem een beetje schrikken. Dit was zijn reactie op nieuwe situaties. Dat hij gistermiddag een tijdje in de huiskamer had liggen slapen toen zij en Leon buiten zaten, was echt een uitzondering en Eva vreesde dat het eenmalig was geweest. De Max die ze nu in haar armen had, liet zich voorlopig echt niet wegleggen. Hij hield de mouw van haar shirt ook stevig in zijn knuistje geklemd.

Ze begon voor de zoveelste keer aan *In de maneschijn* en keek intussen verlangend naar het koffiezetapparaat. Ze zou een moord doen voor een kop, maar was vergeten om koffie te kopen. Op zich hoefden ze er vandaag niet op uit voor boodschappen en Eva hoopte maar dat ze in het campingwinkeltje Douwe Egberts verkochten. Daar moest ze alleen nog even op wachten, want het winkeltje ging pas om halfnegen open. Ze overwoog om Leon wakker te maken. Misschien wilde hij wel wisselen en kon ze nog heel even proberen wat slaap in te halen. Hoewel, aan de andere kant, hij had zijn rust ook nodig en als ze hem nu wakker maakte, zou dat zijn humeur niet bepaald ten goede komen. Ze kon beter gewoon beneden blijven, dacht ze. Met een zucht begon ze maar weer aan een nieuw kinderliedje.

Ze keek naar buiten via het raam in de keuken. Zo zonnig als het gisteren was geweest, zo grauw was het vandaag. Het wolkendek was donkergrijs en liet helemaal geen ruimte voor de zon. Ze had net al even op haar telefoon gekeken en inderdaad werden er voor de hele dag buien voorspeld. Eva had zich nog niet buiten gewaagd, maar zelfs van een afstandje kon ze zien dat het zand rondom het huisje modderig was geworden. Ze trok haar neus op. Op deze manier was er weinig aan op de camping.

Koffie, zei ze in gedachten tegen zichzelf. Ze had echt koffie nodig. Als ze zichzelf en Max nu ging klaarmaken, zou het winkeltje wel open zijn tegen de tijd dat ze er was. Zachtjes liep ze naar boven, al deed ze ook weer niet al te veel moeite geen geluid te maken op de krakende trap. Leon had er al drie uur meer slaap op zitten dan zij en als hij nu wakker werd, wilde hij misschien wel even naar het winkeltje lopen. Dan kon hij ook meteen de bestelling van de bakker meenemen, die ze gisteren hadden doorgegeven. Want eerlijk gezegd kon ze wel een ontbijtje gebruiken.

Ze liep naar Max' kamertje, waar ze niet alleen zijn spullen, maar ook die van haar in de kast had gelegd. Max liet zich zonder gehuil aankleden. Hij greep vrolijk naar haar handen en pakte een losgeraakte lok van haar haar. Eva moest grinniken om de brede grijns die daarmee gepaard ging. Ze zocht even tussen zijn kleren tot ze een blauw broekje van joggingstof en een poloshirt vond. Daaroverheen trok ze hem een vest aan. Mocht de zon dan vandaag toch nog doorbreken, dan was Max er in elk geval op gekleed.

Zelf haalde ze een lichtblauwe zomerjurk tevoorschijn. Gelukkig had ze een vestje meegenomen. Ze aarzelde even, maar trok toen toch teenslippers aan en liep de gang op. Voor de deur van hun slaapkamer bleef ze staan, luisterde even en liep toen toch naar beneden.

In het halletje schoot ze in haar vest en haalde de sleutel van het haakje. Ze zette Max in de kinderwagen, pakte haar portemonnee en liep naar buiten. Het was niet alleen miezerig maar ook meteen een stuk frisser dan gisteren. Nat zand kroop tussen haar tenen toen ze vanaf het huisje naar het grindpad liep. Daar knerpten de steentjes onder haar slippers. Ze haalde haar hand door haar haar, waar al kleine regendruppels in zaten.

Max vond het onverwachte wandelingetje duidelijk een feest. Vanuit zijn wagen wees hij enthousiast kraaiend naar de caravans en tenten die ze passeerden. Hij begon breed te lachen toen ze een bejaard echtpaar passeerden, waarvan de vrouw naar hem zwaaide. Eva moest ook lachen. De frisheid van de morgen had het doffe gevoel uit haar hoofd verjaagd. Zo makkelijk ging dat blijkbaar. Misschien moest ze ook niet te veel zeuren over slaap, of het gebrek eraan. Na haar pensioen had ze alle tijd om dat in te halen, bedacht ze half glimlachend. En wat betreft het weer, ach ja, dan regende het maar even. Het was sowieso fijn om samen op vakantie te zijn. Ze vond het heerlijk om Max de hele dag om zich heen te hebben, het was fijn om niet met Leon te hoeven haasten om allebei ergens op tijd te zijn, maar gewoon de tijd te hebben om samen wat aan te rommelen. Die regen zou vanzelf een keer stoppen.

Max probeerde een takje te pakken toen Eva iets te dicht langs een boom liep. Dat lukte niet, maar de druppel die op zijn hand achterbleef fascineerde hem enorm. Eva grinnikte.

Nienke stond achter de toonbank in het campingwinkeltje. Het winkeltje was nog kleiner dan Eva zich herinnerde, de kinderwagen paste amper tussen de twee schappen. Ze keek om zich heen en verbaasde zich erover hoeveel producten er in de schappen waren gestouwd.

Ze vond de koffie achter in de winkel en liep naar de kassa, waar Nienke met een andere klant stond te praten. Die nam net afscheid en Nienke richtte haar aandacht op Eva en Max.

'Hé kleine vriend', zei ze tegen het mannetje, dat vanuit zijn kinderwagen stralend naar haar opkeek. Ze stak haar hand uit en boog over de toonbank om hem over zijn wang te aaien. Daarna keek ze naar Eva.

'Geen koffie in huis?'

'Nee.' Eva zuchtte even. 'En wel heel erg nodig.'

Nienke glimlachte. 'Was het zo'n nacht?'

'Altijd even wennen in een nieuw huis. En sowieso slaapt hij niet zo best. Hij is elke nacht wel een of twee keer wakker.' Eva aaide even over zijn bol. 'Ach, voor zijn achttiende verjaardag heeft hij vast wel een paar nachten doorgeslapen.'

Nienke knikte. 'Nog plannen voor vandaag? Het weer werkt niet erg mee.'

'Niet echt.' Eva haalde haar schouders op. 'Ik hoop dat het vanmiddag nog droog wordt, maar op de buienradar zag het er niet erg hoopvol uit.'

'Later deze week wordt het wel weer mooi', zei Nienke. 'Voor eind van de week wordt vijfentwintig graden voorspeld.'

Ze dook achter de toonbank en haalde een papieren zak tevoorschijn. 'Jullie broodjes. Net vers afgeleverd door de bakker.'

'Heerlijk.' Bij de geur alleen liep het water Eva in de mond. Ze betaalde voor de koffie en de broodjes en liep weer naar buiten. Daar was het gemiezer opgehouden, maar de wind maakte het nog steeds niet erg aangenaam. Haar voeten waren koud en nat toen ze weer bij het huisje aankwam.

Inmiddels was Leon naar beneden gekomen. In zijn boxershort en verschoten T-shirt zat hij op zijn hurken voor een keukenkastje. Het gekletter van pannen deed Eva fronsen. 'Zoek je iets?'

'Ja, koffie.' Leon kwam overeind. Zijn haar zat warrig en op zijn wangen lag de zweem van een beginnende baard. Hij streek erover met een raspend geluid.

'Hier.' Met haar ene hand hield Eva het pak omhoog dat ze net had gekocht, met de andere de zak met broodjes. 'En het ontbijt.'

Terwijl Eva Max uit zijn wagen haalde, zette Leon koffie. Even later werd de kamer gevuld door de geur die Eva meteen twintig jaar terug in de tijd bracht. Zelfs het bijbehorende gepruttel van het apparaat klonk vertrouwd.

‘Wat een pestweer’, zei Leon, die leunend op het aanrecht naar buiten stond te kijken. ‘Lekker dan, vakantie in Nederland.’

‘Eind van de week wordt het vijfentwintig graden, volgens Nienke.’

Hij keek om en trok een cynisch gezicht. ‘Eind van de week?’

‘Ja, en de regen is alleen vandaag en morgen, daarna is het sowieso droog. Ik dacht: misschien kunnen we vandaag een eindje gaan rijden, de omgeving bekijken. En vast boodschappen doen, dan hoeft dat niet meer als het mooi weer is.’

‘Ja, leuk’, zei Leon, maar aan zijn stem was te horen dat hij er weinig van meende. Hij haalde diep adem. ‘Ik wil niet zeiken hoor, Eef, maar dit is nou precies de reden dat een vakantie in Nederland van mij niet zo hoefde.’

‘Het is maar twee dagen en morgen regent het al minder’, probeerde Eva hem te sussen. ‘In Spanje kan het ook regenen.’

‘In Spanje is het nu achtentwintig graden.’ Leon zwaaide heen en weer met zijn telefoon. ‘Net nog even gecheckt.’

Eva voelde irritatie opkomen. ‘Waarom zou je dat doen als je hier zit? Zodat je mij de hele dag kunt inpeperen hoe ontevreden je bent over deze vakantie?’

Leon zuchtte diep. ‘Welja, maak het meteen persoonlijk, waarom niet? Ik zeg alleen maar dat vakantie in Nederland een vakantie in de regen betekent en dat ik niet begrijp wat jij daaraan vindt.’

‘Twee dagen.’ Eva stak twee vingers in de lucht en snoof boos. ‘Het gaat twee dagen regenen en jij roept meteen dat de hele vakantie naar de haaien is.’

'Ik vind elke dag regen er een te veel. Of jij moet het leuk vinden om de hele dag op die drie vierkante meter in dit stoffige huisje te zitten.'

Eva wilde haar stem niet verheffen, maar dat ging automatisch. 'Waar slaat dat nou weer op? Je doet nu expres alleen maar negatief.'

'O sorry, heb ik het zonneterras over het hoofd gezien? Het zwembad waar we vandaag lekker met Maxie naartoe kunnen? Of nee, wacht, hij vindt het vast enig om lekker de hele dag binnen te zitten. Misschien kun je de open haard vast aanmaken voor extra wintersfeer?'

Eva beet op haar lip. Leon was nu echt gemeen. Ze voelde hoe haar bloed begon te koken en onwillekeurig sprongen er tranen in haar ogen. 'Man, doe even volwassen', zei ze met een stem die meer trilde dan ze wilde. 'Je staat als een klein kind te stampvoeten omdat het regent en je niet buiten kunt spelen. Dan zoeken we een overdekt zwembad in de buurt en kunnen we alsnog zwemmen, hoe erg is dat nou helemaal?'

'O ja, dat is enig.' Leons stem droop nog steeds van het cynisme. 'Voor de herfstvakantie.'

'Oké.' Eva probeerde uit alle macht om rustig te blijven. Ze had Max op haar arm. Hij zat met grote ogen naar zijn ouders te kijken. 'Weet je wat, boek maar. Regel het dan maar. Ik hoor wel hoe laat we vliegen.' Daarna draaide ze zich om en beende de kamer uit, de trap op.

'Loop maar weg, lekker laf!' was het laatste wat ze Leon hoorde zeggen voordat ze de deur van de slaapkamer achter zich dichtknalde.

Hoofdstuk 5

DE VREDE WAS GESLOTEN. WANKEL, MAAR TOCH. ZE HADden samen ontbeten en met Max gespeeld en die had daarna een tijdje geslapen. Toen hadden ze zwijgend naast elkaar op de bank een boek zitten lezen. Eva was met Max naar de supermarkt gereden om boodschappen te doen en lekkere broodjes te halen en toen hadden ze met z'n drieën geluncht aan de eettafel in de woonkamer, terwijl de wind de regen tegen de ruiten blies. Al die tijd hadden ze het niet uitgepraat, maar de boosheid was langzaam gezakt en ze deden weer normaal. Leon had het niet meer over Spanje gehad.

'Het is droog.' Eva staarde uit het keukenraam en keek tot haar verbazing naar een strook blauw tussen het dichte wolkendek. 'Zullen we een wandeling maken?'

Leon keek op van zijn telefoon. 'Hm?'

'Een wandeling.' Ze gebaarde naar het raam. 'Het is droog.'

'Ach welja,' zei hij, terwijl hij opstond van de bank, 'waarom niet?'

Eva slikte de opmerking in dat zijn enthousiasme echt aanstekelijk was. Ze wist wel beter dan de nieuwe vrede alweer om zeep te helpen.

'Ik ga de spullen pakken.' Eva gaf Max aan Leon en liep naar boven om de luiertas te halen. Ze hoorde Max jengelen. Sinds zijn slaapje was hij een beetje huilerig en liet hij zich niet makkelijk wegleggen. Dat had hij wel vaker en het enige wat dan echt hielp was hem optillen en rondsjouwen. De laatste tijd had ze het idee dat er misschien een tandje aan zat te komen, omdat hij ook vaak van die rode wangen had.

Ze pakte de spullen en liep even naar de badkamer om haar haar te fatsoeneren. De hele dag had ze nog niet de moeite genomen er iets aan te doen en het zat piekerig. Beneden was Max' gejengel overgegaan in huilen en Eva haalde snel een borstel door haar blonde, steile lokken. Ze spoot er een beetje mousse in en kneedde het met haar vingers in model. Vluchtig wierp ze een blik in de spiegel. Haar huid was bleek en een likje mascara zou geen overbodige luxe zijn, maar ze gunde zichzelf de tijd niet omdat Max zo huilde. In plaats daarvan kneep ze even in haar wangen in een zinloze poging wat meer kleur te krijgen. Daarna liep ze snel naar beneden. Met Max op zijn arm was Leon bezig een fles te maken.

'Wat doe je?' Het lukte Eva alweer niet om de irritatie helemaal uit haar stem te weren. 'Hij heeft net een fles gehad.'

'Blijkbaar niet genoeg.'

Eva slikte een opmerking in dat niet elk huiltje van Max betekende dat hij honger had. Ze wilde niet overkomen als een betweter, al was ze er wel op tegen dat Leon alles met een fles oploste. Natuurlijk werd Max altijd rustig van een fles en was het een makkelijke oplossing, maar Eva wilde niet uit gemakzucht een dikke boeddha-baby creëren. Bovendien wilde ze Max niet leren dat eten en troost hetzelfde waren. Ze had gelezen dat die associatie al op heel jonge leeftijd kon ontstaan bij kinderen.

Leon nam plaats op de bank en gaf Max zijn flesje. Meteen hield het pruttelen op. In plaats daarvan begonnen Max' ogen weg te draaien en nog voor hij zijn fles had leeggedronken, was hij al in slaap gevallen. Leon legde hem in de wagen.

Eva trok haar vest en sneakers aan en samen liepen ze naar buiten. De hoopvolle streep blauw in de lucht was alweer opgeslokt door het grijze wolkendek, maar het was nog steeds droog en de frisheid had plaatsgemaakt voor iets van warmte. Het was te voelen dat er warme dagen aan zaten te komen en dat stemde Eva hoopvol. Er waren meer mensen naar buiten gekomen. Drie jongens voetbalden op het pad. Eva knikte gedag tegen hun ouders die van een afstandje stonden toe te kijken.

Leon trok zijn vest verder dicht. 'De Nederlandse zomer', zei hij. Hij liet het neutraal klinken, maar Eva voelde zijn niet uitgesproken afkeer. Alweer.

Ze stapten stevig door. Leon duwde de kinderwagen. 'Zullen we het bos in?' vroeg Eva toen ze langs een breed bospad kwamen. Het was niet verhard, maar de kinderwagen kon best over de houtsnippers. Het pad leidde naar het vennetje waar ze vroeger vaak hadden gezwommen, wist Eva nog.

Zwijgend liepen ze naast elkaar. Het enige geluid kwam van het geknerp van de kinderwagen op het bospad. Ergens was het wel rustgevend. Max zat te dommelen, maar werd elke keer wakker als ze over een hobbeltje gingen. In de verte zag Eva konijnen wegspringen. 'Mooi is het hier, hè?' zei ze tegen Leon. Die humde, maar gaf niet echt antwoord.

Tien minuten later stonden ze bij het vennetje. Het lag nog altijd maar aan één kant vrij, de rest was omzoomd door bomen. Eva keek naar rechts. Tussen de bomen zag ze de contouren van de oude schaapskooi. Vroeger was er inderdaad een herder geweest die de kooi voor zijn kleine kudde had gebruikt. Als je het bos nog een stukje verder volgde kwam je op de hei, waar de kudde altijd prima had kunnen grazen. Als kind was Eva vaak met haar vader gaan kijken. Prachtig vond ze het, de grazende dieren, de bordercollie die er altijd omheen gelopen had. Jarenlang had ze haar ouders aan hun hoofd gezeurd voor precies zo'n hond, maar die had ze nooit gekregen. Ze had zich altijd voorgenomen er later zelf eentje te nemen, maar een hond die zoveel beweging nodig had was op hun bovenwoning niet bepaald praktisch.

'Zou de herder er nog zijn?' vroeg ze hardop, in gedachten starend naar de omtrekken van het kleine gebouwtje. Leon gaf geen antwoord. Eva zette een paar passen in de richting van de schaapskooi, maar zelfs van een afstandje was te zien dat de deuren gesloten waren. Het was doodstil in het bos. Als de schaapskooi nog in gebruik was, dan was de kudde er nu in elk geval niet.

Ze liet haar blik verder dwalen. Iets verderop was een klein strandje, maar dat was nu verlaten. In het water dreef een lijn met oranje ballen als afzetting tussen het ondiepe en diepere gedeelte. Eva herinnerde zich hoe ze als kind altijd onder die ballen door dook en koppeltjeduikelde over de lijn. Het was er zo ondiep dat je daar met gemak ook een handstand kon doen. Ze glimlachte en vroeg zich af of ze dat nog zou kunnen. Daarna schudde ze haar hoofd. 'Ongelooflijk hoe weinig hier is veranderd, vind je niet?'

'Ja.' Leon had zijn telefoon uit zijn zak gehaald en tuurde op het schermpje. Eva keek er vluchtig op en zag dat hij zijn mail had geopend.

'Jemig Leon', zei ze, plotseling geïrriteerd. 'Kan dat nou niet wachten? We zijn gezellig samen aan het wandelen en bovendien is het zaterdag.'

'Wat maakt het uit', zuchtte hij geërgerd. 'Ik moet deze mail even beantwoorden.'

'Want je kan op zaterdag nog geen uur worden gemist?'

'Nee, precies.' Leon klonk afgemeten. Hij wierp een geërgerde blik omhoog toen er weer druppels begonnen te vallen. 'Of moet ik soms je rug insmeren nu de zon zo brandt, hm?'

Eva keek hem aan, tandenknarsend. 'Ben je eigenlijk van plan om überhaupt nog gezellig te gaan doen deze vakantie of niet?' vroeg ze briesend, haar armen over elkaar, haar ogen fel op hem gericht.

Leon keek op van zijn telefoon. 'En waarom is het altijd allemaal mijn schuld?' vroeg hij al net zo fel. 'Jij wilde hier per se naartoe en als ik ook maar iets zeg of doe, beschouw je dat meteen als een persoonlijke aanval. Doe niet zo ontzettend aangebrand.'

‘Ik doe niet aangebrand, ik heb gewoon geen zin om drie weken tegen dat oorwurmengezicht van jou aan te kijken.’ Eva spuugde de woorden bijna uit. ‘Niks deugt in jouw ogen en je bent ook zeker niet van plan er een beetje positief in te staan.’

‘Dat slaat nergens op. Maar jij moet het zo benadrukken als ik een heel klein beetje baal van het slechte weer. Sorry hoor, maar misschien is het je opgevallen dat ik echt maar drie weken vakantie heb. De rest van de tijd zit ik dik zestig uur per week op kantoor. Ik kan niet zomaar even doordeweeks lekker in een park gaan zitten als het toevallig een keertje zonnig is.’

Eva snoof en dwong zichzelf te kalmeren. ‘Maar ik hou voortdurend rekening met je. Mag ik je eraan herinneren dat ik vanochtend om vijf uur met Max beneden zat, zodat jij kon uitslapen?’

‘Ik heb ontzettend slecht geslapen vannacht in dat oude bed. Ik had die paar uurtjes echt nodig.’

‘Nou, als je dan toch midden in de nacht wakker was, had je er ook wel uit kunnen gaan voor Max, die drie keer wakker was. Dan had ik tenminste door kunnen slapen en was een van ons uitgerust geweest.’ Het cynisme droop van Eva’s stem. ‘Maar ik geloof dat dat ook te veel moeite voor je was.’

‘Je weet best dat ik dan helemaal niet meer slaap.’ Leon trok een boze rimpel in zijn voorhoofd. ‘Waarom moeten we deze discussie elke keer opnieuw voeren, Eva?’

Omdat jij nooit luistert, wilde Eva eigenlijk zeggen, maar dat deed ze niet. In plaats daarvan pakte ze de duwstang van de kinderwagen met twee handen beet. ‘Laten we maar teruggaan’, zei ze afgemeten.

Geen van beiden zei iets toen ze het bospad in tegengestelde richting weer af liepen. Eva moest op haar lip bijten om haar tranen binnen te houden. Misschien konden ze maar beter weer naar huis gaan, want op deze manier werd het niets.

'Welterusten, mannetje.' Eva boog zo ver voorover dat ze moeite had haar evenwicht te bewaren en drukte een kus op Max' voorhoofd. 'Lekker slapen nu, tot morgen.'

Dat laatste was wishful thinking, dat wist ze ook wel. 'Tot vannacht' zou realistischer zijn. Eva glimlachte en streek nog even met haar vinger over Max' haartjes. Zijn ogen begonnen al weg te draaien. Ze was met hem onder de douche geweest en daar werd hij altijd rozig van. De volle papfles had de rest van het werk gedaan.

Eva liet de deur op een kiertje staan en liep naar hun eigen slaapkamer. Ze had na het douchen haar kleren verruild voor een joggingbroek en een T-shirt en bond haar haar nu in een losse staart. Daarna haalde ze diep adem. Ze moest weer naar beneden, maar daar voelde ze weinig voor. Hoewel Leon en zij de vrede weer hadden getekend, was het na de mislukte wandeling van vanmiddag niet meer echt gezellig geworden. Eva wilde de gedachte nog niet helemaal toelaten, maar ergens in haar hoofd was het voornemen ontstaan om het nog twee dagen aan te kijken en anders weer naar huis te gaan. Drie weken op deze manier zou ze niet overleven. Misschien zou de sfeer thuis opknappen.

Haar telefoon liet een geluidje horen en ze haalde hem uit haar zak. Het was haar moeder, die vroeg hoe de vakantie tot nu toe beviel. Eva typte een berichtje terug, waarin ze schreef dat het heerlijk was en dat ze heel erg genoten.

Vrijwel meteen kwam het antwoord: het ging goed met de knie van haar vader en haar ouders wilden graag langskomen, en een nachtje blijven. Bij het idee alleen al klaarde Eva's humeur op. Ze was dol op haar vader en moeder en voor Max zou het ook geweldig zijn als ze er waren, want zo vaak zag hij ze nou ook weer niet. Ze dacht vluchtig aan Leon en wat hij ervan zou vinden, maar eigenlijk had ze geen zin om het te overleggen. Leon mocht haar ouders graag en als hij er een probleem mee had, dan was het maar één nacht. Snel typte ze terug dat ze dat heel erg leuk zou vinden. Daarna stopte ze haar telefoon in haar zak en liep op blote voeten de trap af.

Ze hoopte dat Leon de keuken al had opgeruimd, maar vreesde dat hij nog met zijn telefoon op de bank zat. Dan wist je nooit precies wanneer hij weer aanspreekbaar zou zijn. Soms zat hij wel twee uur naar dat schermpje te staren.

In de hal hield ze haar pas even in en fronste. Uit de kamer klonk muziek. Ze deed de deur open en keek verbaasd naar de brandschone keuken en de twee glazen rode wijn op de salontafel. Met behulp van zijn iPhone en een losse speaker had Leon muziek opgezet. Coldplay, haar lievelingsband. Naast de wijn stond een plank met de lekkere kaasjes die Eva vanochtend bij de supermarkt had gekocht. Verwonderd bleef ze staan in de deuropening.

'Ga zitten', zei Leon, terwijl hij naar de bank gebaarde. 'Hier is je wijn.' Hij pakte een glas van de tafel en overhandigde het aan haar toen ze naar hem toe liep. Eva nam plaats op de bank, Leon ging naast haar zitten. Ze keek hem aan met een mengeling van verrassing en afwachtendheid.

'Ik wil sorry tegen je zeggen', begon Leon, terwijl hij zich half naar haar toe draaide. 'Ik was vandaag bepaald niet de gezelligste en dat spijt me. Ik baalde van het weer en van het werk dat ik nog moet doen, maar dat zijn natuurlijk geen redenen om zo chagrijnig te zijn.'

Eva wist even niet wat ze moest zeggen. Uiteindelijk deed ze haar mond open. 'Dank je wel.'

'Ik moet me er echt overheen zetten dat ik liever naar Spanje was gegaan', ging Leon door. 'We hebben de keus gemaakt om naar Drenthe te gaan en we gaan er een mooie vakantie van maken, ook als het regent. We zitten in een huisje en niet in een lekkende tent, dus zo zwaar hebben we het nou ook weer niet.'

'Precies.' Eva nam een slok van haar wijn. 'En het blijft echt niet drie weken lang regenen.'

'Nee.' Leon tikte met zijn glas tegen dat van haar. 'Laten we proosten op een mooie vakantie.'

'Op een mooie vakantie', herhaalde Eva, waarna ze opnieuw een slok nam. Voor het eerst had ze het gevoel dat het met de vakantie wel goed zou komen, wat haar een lichtheid bezorgde die ze tot nu toe nog niet had gehad.

'Ik wil ook mijn excuses aanbieden', zei ze op haar beurt. 'Ik begrijp best dat het weer nog niet helemaal is wat je ervan had gehoopt. Ik baal ook van de regen. En als je dan ook nog de hele tijd wordt lastiggevallen met werkvragen...' Ze knikte in de richting van Leons telefoon. 'Heb je je mail kunnen beantwoorden?'

Leon knikte. 'Dat had ik vanmiddag al gedaan. Om eerlijk te zijn zat ik vanavond te googelen op de verdwijning van Saskia Thijssing. Toen we vanmiddag in het bos liepen, moest ik weer aan haar denken. Het zal je toch gebeuren dat je kind spoorloos verdwijnt en vooral dat je het nooit kunt afsluiten.'

'Verschrikkelijk', zei Eva, terwijl er alweer een huivering door haar heen ging. Ook zij had vanmiddag in het bos aan het meisje gedacht. Al was het lang geleden, ineens kwamen er allerlei herinneringen terug aan de zomer dat het gebeurde. Vooral op de plek in het bos waar ze vanmiddag waren geweest, had ze een wat onbestemd gevoel gehad. De ruzie met Leon had haar in beslag genomen en ze had haar eigen gedachten niet afgemaakt, maar in haar hoofd zat een plaatje waar ze maar niet echt bij leek te kunnen.

'Weet je wat zo raar is,' zei ze, half fronsend omdat ze haar eigen geheugen niet helemaal vertrouwde, 'ik denk de hele tijd dat ik toen iets heb gezien. Maar dat slaat natuurlijk nergens op, want destijds dacht ik het niet of heb ik in elk geval het verband niet gelegd.'

'Hoe bedoel je?' vroeg Leon. Hij boog naar de salontafel, sneed twee stukjes geitenkaas af en gaf een ervan aan Eva. Zwijgend aten ze, terwijl Eva verder nadacht. Het plaatje dat sinds vanmiddag in haar hoofd zat, kreeg een beetje vorm, maar nog steeds kon ze er niet echt veel van maken. Ze wist niet eens of het wel een echte herinnering was of iets wat ze had verzonnen.

'Wat herinner je je dan?' vroeg Leon, terwijl hij haar onderzoekend aankeek.

'Ach, het zal wel niks zijn.' Eva maakte een wegwerpgebaar met haar hand. 'Maar in mijn hoofd heb ik zo'n beeld van iemand die aan de rand van het vennetje staat. Een man, volgens mij. Hij lijkt nog het meest op die vader van Ron.'

'De boswachter, bedoel je?'

'Ja, omdat hij donkere kleding draagt. Maar dat zegt natuurlijk niks.'

'Misschien heb je het wel echt gezien, want de vader van Ron was altijd in het bos. Je kon geen meter lopen of je kwam hem tegen.'

'Niet zo vreemd voor een boswachter.'

'Nee, precies.' Leon nam nog een slok wijn. 'Maar wat denk je dan? Dat hij er iets mee te maken heeft?'

'Nee, welnee.' Eva trok een rimpel in haar neus en schudde haar hoofd. 'Ik weet niet eens zeker of het hem is. Het is gewoon een man in een donkere outfit, niet zo groot, een onopvallend type. Het zou net zo goed Jannes kunnen zijn, of heel iemand anders. Of helemaal niemand, want misschien heb ik het wel gewoon verzonnen. Je hoorde destijds zo veel wilde verhalen over de verdwijning, dan ga je je ook weleens vreemde dingen in je hoofd halen.'

Leon knikte langzaam. 'Ik was toch laatst dat boek aan het lezen, geschreven door twee psychologen. Het ging over hoe de politie iemand kan laten geloven dat hij een misdaad heeft begaan waar hij niks mee te maken heeft. Als je maar lang genoeg doorgaat, de druk opvoert, keer op keer hetzelfde verhaal vertelt en het bewijs daarvoor levert, kun je iemand zover krijgen dat hij aan zijn eigen geheugen gaat twijfelen. Dan legt hij een bekentenis af en gelooft zelf dat hij het heeft gedaan, ook al herinnert hij zich er niks van.' Hij schudde zijn hoofd. 'Fascinerend, hè? Er zijn zelfs mensen veroordeeld op basis van dit soort opgelegde bekentenissen. Tegen de tijd dat ze hun verstand terug hebben en zich realiseren dat ze het echt niet hebben gedaan, zitten ze al in de cel. En zie ze er dan maar weer uit te krijgen.'

'Dat kan bijna niet, denk ik.'

'Wel als je de bewijslast van tafel kunt vegen.' Nu kwam de advocaat in Leon naar boven. Hij ging verzitten. 'Als je kunt aantonen dat op basis van het bewijs het niet mogelijk is dat de veroordeelde de misdaad heeft gepleegd, kan een rechter niet anders dan hem laten gaan. Een bekentenis is uiteindelijk maar gewoon een onderdeeltje van de zaak. Als jij nu naar de politie gaat om een misdaad te bekennen die je aantoonbaar niet hebt gepleegd en de politie heeft geen reden om jou de schuld in de schoenen te schuiven, word je echt niet opgepakt.'

Eva sneed een stukje gruyère af en stak het in haar mond. 'Toch kan je geheugen vreemde streken met je uithalen.'

'Zeker.' Leon keek haar onderzoekend aan. 'Denk je dat die herinnering echt is?'

Ze schudde haar hoofd. 'Ik kan het me niet voorstellen. Dan had ik het destijds toch wel tegen de politie gezegd, of op z'n minst tegen mijn ouders? We hebben het die zomer vaak genoeg over de verdwijning gehad.'

'En je bent die dag toch ook niet in het bos geweest?'

'Jawel, maar dat was voordat Saskia was verdwenen.' Eva trok een beetje met haar mond terwijl ze nadacht. 'Of nou ja, een beetje tegelijk. Maar het werd al snel opgemerkt dat ze weg was en meteen daarna was er al heel veel politie.'

'Misschien heb je een plaatje in je hoofd gemaakt op basis van alles wat je toen hebt gehoord en gezien', zei Leon. 'Ik heb het jaar erop nog eens gedacht dat ik haar zag lopen in het bos. Dat was natuurlijk helemaal niet zo. Toen ik opnieuw keek, was er ook niemand te zien.'

'Of je bent uiteindelijk toch een medium', zei Eva plagend. 'Iets wat ik eigenlijk altijd wel heb geweten.'

'Ja, dat klopt.' Leon hield zijn handen in de lucht en wiebelde met zijn vingers. Met een zweverige stem zei hij: 'Ik voel, ik voel... dat ik je moet zoenen.' Hij greep Eva bij haar middel en trok haar naar zich toe. Ze protesteerde giechelend en beantwoordde toen zijn kus, die vuriger was dan ze had verwacht. Het volgende moment liet hij zijn handen onder haar shirt verdwijnen, waar ze warm en zacht haar buik streelden. Hij haakte ze onder de rand van haar joggingbroek. Eva kwam in beweging en sloeg haar armen om zijn nek. Meteen daarna trok hij haar T-shirt over haar hoofd en zoende haar borsten. Ze sloot haar ogen, beet zacht op haar lip en liet zich meevoeren.

Hoofdstuk 6

'WIL JE MIJN RUG INSMEREN?' EVA LAG OP HAAR BUIK EN reikte naar de fles zonnebrand die net buiten haar bereik lag. Ze strekte zich uit en trok hem met haar vingertoppen naar zich toe. Daarna overhandigde ze hem aan Leon, die naast haar op een handdoek zat, half onder de parasol.

'Hm?' vroeg hij, terwijl hij zijn blik van links naar rechts liet gaan. Eva hoefde niet om te kijken om te weten dat het steeds drukker werd bij het zwembad. Het aanzwellende geluid van spelende kinderen zei wat dat betreft genoeg.

Het was dan ook heerlijk weer om te zwemmen. Na twee dagen druilerig weer was het eindelijk zonnig. Vanochtend hadden er nog wat wolkjes gehangen, maar sinds de middag was het stralend blauw. Meteen was de temperatuur ook naar boven geschoten en tot Eva's verbazing was het water in het zwembad echt lekker. Ze was er net ook even met Max in geweest en zelfs hij had het niet koud gekregen. Ze was één keer eerder met hem gaan zwemmen en net als toen had ze ook nu weer gezien hoe leuk hij dat vond. Ze moest het echt vaker doen, nam ze zich voor.

Leon pakte de zonnebrand aan en spoot wat op haar rug. Daarna begon hij het uit te smeren. Ze genoot van het gevoel van zijn sterke handen op haar huid. Het was verbazend hoe de sfeer tussen hen sinds zondagavond was opgeknapt. Ook al was het gisteren nog steeds geen mooi weer geweest, er was geen onvertogen woord gevallen. Eva had er zo langzamerhand weer vertrouwen in dat het toch een fijne vakantie zou worden.

'Zal ik jouw rug ook doen?' vroeg ze sloom toen Leon klaar was. Ze lag plat op haar buik met haar ogen dicht en was bijna in slaap gevallen tijdens de massage.

Leon grinnikte. 'Je klinkt alsof je daar een hoop zin in hebt.'

'Niet echt.' Eva glimlachte. Hoewel ze lekker sloom was van de warmte, was ze niet echt moe. Max was vannacht maar één keer wakker geworden en dat was echt een verademing bij de drie, vier keren van de nachten ervoor. Het leek erop dat hij begon te wennen aan zijn tijdelijke slaapkamertje.

Eva draaide zich om en ging ook overeind zitten. In de schaduw onder de parasol lag Max op zijn favoriete speeltje te sabbelen. Hij was net even ingedommeld, maar een voorbijrennend kind met een voetbal had hem weer uit zijn slaap gehaald. Eigenlijk vond Eva dat hij 's middags in zijn bedje moest slapen zodat hij echt goed zou uitrusten, maar ze wist al wat Leon zou zeggen als ze nu voorstelde om terug te gaan naar het huisje. Hij vond dat altijd onzin, volgens hem was het juist goed als kinderen niet elke dag in exact hetzelfde ritme zaten, zodat ze tenminste een beetje flexibel zouden worden. Als ze hierover in discussie raakten, kwam Leon altijd aanzetten met het verhaal dat hij en zijn broer vroeger onder de tafel in een restaurant in slaap waren gevallen terwijl zijn ouders gewoon met vrienden zaten te dineren. Hij gebruikte dat voorbeeld immer om te demonstreren dat kinderen echt niet altijd om zeven uur in hun bedje hoefden te liggen om op te groeien tot normale volwassenen, maar het was hooguit een of twee keer gebeurd. En bovendien, hield Eva hem altijd voor: niet alle kinderen waren hetzelfde. Max gedijde nu eenmaal goed bij regelmaat.

Eva verschoof haar zonnebril van haar haar naar haar neus en liet haar blik over het zwembad dwalen. Het werd steeds drukker. Op het grote grasveld lagen overal handdoeken en parasols, en vanuit het water klonk het vrolijke gelach en gegil van spelende kinderen. Twee badmeesters hielden vanaf hoge stoelen de boel in de gaten. Ze veegde een haarlok van haar voorhoofd, die bleef plakken doordat ze bezweet was.

'Warm hè?' zei Leon op dat moment. 'Ik heb wel zin om even af te koelen, ga je mee?'

Eva wierp een blik op Max, die net weer in slaap begon te vallen. 'Nee, ik blijf hier. Max moet echt even slapen.'

'Oké.' Leon keek ook naar de baby. 'Wil je dat ik ook blijf?'

'Nee joh.' Eva wuifde zijn vraag weg. 'Ga lekker zwemmen. Ik ga straks wel weer.'

Ze keek Leon na toen hij naar het water liep. Hij ging op de rand van het zwembad staan en net toen Eva dacht dat hij erin zou springen, draaide hij zich om. Hij stak zijn hand op en glimlachte. Eva fronste even, maar toen zag ze Nienke verschijnen. Leon begon een praatje en gebaarde naar het zwembad, waar hij blijkbaar een opmerking over maakte. Ze zag Nienke knikken. Eva liet haar blik ronddwalen om te zien of Ron er ook was, maar hem kon ze niet vinden. Vanochtend toen ze brood ging halen had ze hem op de grasmaaier gezien. Ze had even gezwaaid en was doorgelopen.

Ergens zat hun afspraak in Amsterdam haar niet lekker. Ze had het natuurlijk gewoon aan Leon moeten vertellen. Maar het was wel erg vreemd om het nu alsnog te vertellen, na al die tijd. Het was maar beter als het helemaal niet ter sprake kwam. Hopelijk zou Ron er ook niet over beginnen. Haar gedachten gingen terug naar die avond. Het was min of meer spontaan ontstaan. Ron stuurde een berichtje via Facebook, Eva had wel zin in wijn, Leon was in het buitenland. Ze hadden gewoon gepraat, als vrienden, herinneringen opgehaald. Eva vroeg zich af of Nienke het eigenlijk wist, ze had er nog niets over gezegd.

Ze wist eigenlijk niet wat ze tegen Leon moest zeggen als Ron of Nienke wel iets over hun avond in Amsterdam zei. Doen alsof ze gewoon vergeten was het te zeggen, misschien. Leon was immers in het buitenland geweest. Doen of ze het wel had gezegd, dat was haar andere optie. Maar Leon had een geheugen als een olifant, hij zou echt wel weten dat dat gelogen was. Bovendien was ze altijd een slecht acteur geweest. De vermoorde onschuld spelen ging haar doorgaans niet goed af. Dan maar door de zure appel heen en opbiechten dat ze het bewust had verzwegen, omdat ze niet wilde dat hij er iets achter zou zoeken.

Wat hij ironisch genoeg juist door haar zwijgen zou doen.

'Hé.'

Pas toen er waterdruppels uit zijn haar op haar buik vielen, had Eva door dat Leon weer naast haar stond. Ze was zo in gedachten verzonken geweest, dat ze hem niet had horen aankomen.

'Hai.' Ondanks haar zonnebril moest ze knipperen tegen het felle licht toen ze opkeek. 'Was het lekker?'

Leon humde wat, knikte en pakte een handdoek om zich af te drogen. Daarna plofte hij naast Eva neer op het kleed. 'Ik begin wel trek te krijgen, jij?'

'Laten we zo gaan lunchen.' Eva keek om naar de slapende Max. 'Als hij wakker is.'

Leon knikte, keek om naar het restaurant verderop en trok toen zijn neus op. 'Ik heb eigenlijk niet zo'n zin om hier in het restaurant te lunchen, jij wel? Ik vrees dat ze er niet veel meer hebben dan de bakjes patat waar ik iedereen mee zie lopen.'

'We kunnen in het huisje lunchen', stelde Eva voor. 'We hebben nog broodjes en beleg, en ik kan eventueel ook even naar de supermarkt rijden.'

'Of we rijden even naar een restaurant in de buurt. Ik las op internet iets over een oude schaapskooi die verbouwd is tot restaurant. De menukaart zag er in elk geval heel goed uit. En het dorpje schijnt ook leuk te zijn.'

Eva knikte. 'Klinkt goed.'

'Dan kunnen we daarna meteen langs de supermarkt, want ik heb Ron en Nienke net uitgenodigd om bij ons te komen borrelen, dus we moeten even wat hapjes halen.'

'Ik zag je al met Nienke praten.'

'Ja, ze vroeg of we vanavond een wijntje kwamen drinken, maar het leek me wel netjes om ze bij ons uit te nodigen. Dat vind je niet erg, toch?'

'Nee, juist gezellig.' Eva probeerde haar gedachten van net aan de kant te zetten. 'Hoe laat komen ze?'

'Vanavond pas. Nienke moet tot acht uur achter de receptie staan en Ron is druk in het restaurant, zei ze.'

Eva blies haar adem hoorbaar uit. 'Volgens mij is het hard werken, zo'n camping. Denk je niet?'

'Ja, maar dat geldt eigenlijk altijd als je een eigen bedrijf hebt. Of toevallig advocaat bent geworden.' Leon grijnsde. 'Hoewel je trots op me kan zijn, want ik heb nu al een uur niet op mijn telefoon gekeken.'

'Je leert het nog weleens.' Eva lachte. 'Dank je wel dat je iets doet met wat ik zeg.'

Hij haalde zijn schouders op. 'Van zo'n telefoonverslaving wordt niemand beter.' Hij kwam overeind. 'Zullen we gaan?'

'Ik heb de hele tijd het gevoel dat we Ot en Sien zo tegenkomen.' Eva grinnikte. 'En ik wil nu ook heel graag een spelletje hoepelen doen.'

Leon lachte ook. 'Weer eens wat anders dan Candy Crush.'

Eva trok een gezicht. Toen ongeveer al haar vriendinnen verslaafd waren aan dat spelletje, had ze het ook op haar telefoon geïnstalleerd. Na een week had ze het maar weer verwijderd en zichzelf verboden ooit nog telefoonspelletjes te spelen. Leon had haar ermee geplaagd dat ze zo verslavingsgevoelig was.

'Wat heb ik lekker gegeten, zeg.' Leon keek voldaan. Eva knikte. Ze hadden allebei genoten van een heerlijk stuk kabeljauw. Heel wat anders dan de salade waar Eva in de zomer het liefst mee lunchte, maar het was een geweldig gerecht geweest, al voelde ze zich dankzij het tafelen en de bijbehorende fles witte wijn nu behoorlijk loom. Dat ze op het terras in de zon hadden gezeten, hielp ook niet mee.

Het was fijn dat ze er even uit waren, dat merkte ze ook aan Leon. Vakantie betekende ook nieuwe dingen beleven. Grappig eigenlijk dat ze zich niet kon herinneren dat ze vroeger ooit met haar ouders in dit dorpje was geweest, ook al was het maar een halfuur rijden vanaf de camping. Het had die typische nostalgische sfeer uit de Ot-en-Sienboeken en de toeristenmarketing had z'n werk goed gedaan, want op vrijwel elke straathoek viel iets te fotograferen dat deed denken aan die tijd. Ook waren er kinderen in klederdracht die oud-Hollandse spelletjes speelden en de voorbijlopende kinderen uitnodigden om mee te doen. Eva had al een knikkerbaan gezien en verderop stond een levensgrote sjoelbak. Ze rook de geur van stro en schapen. De uitbater van het restaurant had verteld dat de kudde die eerst huisde in de inmiddels tot restaurant verbouwde schaapskooi, was verplaatst naar een nieuwere stal aan de rand van het dorp.

'Het is niet moeilijk te ontdekken waar die schapen nu zijn', zei Leon, doelend op de steeds sterker wordende lucht. 'Allemachtig, wat kunnen die beesten stinken.'

'Ik vind het wel lekker.' Eva snoof diep. 'De geur van het platteland.'

Ze sloegen de hoek om en kwamen bij een weggetje dat leidde naar een houten gebouw met een rieten dak. Aan de bouwstijl was in al die jaren niet veel veranderd, stelde Eva vast.

Ze duwde de kinderwagen over het vee-rooster in de weg en het volgende moment stonden ze tussen de schapen. De dieren waren duidelijk gewend aan mensen. Sommige keken niet eens op, een paar kwamen nieuwsgierig op hen af. Op het erf lag een bordercollie te slapen in de zon. Even verderop was een man bezig een paar kinderen uit te leggen hoe hij de schapen schoor. Het was niet moeilijk te zien dat hij de herder was. Hij droeg een bruine broek en zwart T-shirt en had een oude hoed op zijn hoofd. Zijn zwarte laarzen oogden versleten. Eva schatte hem halverwege de zestig. Zijn huid had de tint bruin die je alleen zag bij mensen die dag in, dag uit buitenkwamen.

Vanuit zijn wagen keek Max met groeiend enthousiasme naar de schapen om hem heen. Hij kraaide verwonderd en keek heen en weer tussen Eva en de dieren. Ze lachte en stak haar hand uit om een van de schapen te aaien. Max probeerde haar voorbeeld te volgen, maar trok zijn handje verschrikt terug toen de neus van het beest zijn vingers raakte. Eva en Leon schoten in de lach.

'Ha, een schaapsherder in de dop, dat zie je zo.'

Eva keek om. Achter hen was de herder verschenen, die naar Max zwaaide. Het jongetje keek nieuwsgierig terug. 'Hai', zei de man opgewekt. 'Wat een leuk kereltje ben jij.'

Eva lachte. 'Hij heeft nog nooit een schaap van zo dichtbij gezien, dus hij weet niet wat hem overkomt.'

'Ah, jullie komen niet uit deze omgeving?'

Eva schudde haar hoofd. 'Uit Amsterdam. We zijn hier op vakantie. Mijn ouders hebben een huisje op camping Dennenrust.'

'Ach, wat leuk', antwoordde de man. 'Ik ken de camping wel. Jannes, de oude eigenaar, is een goede vriend van me.'

'Ik ken hem nog van vroeger', knikte Eva. 'Ik heb elke vakantie uit mijn jeugd doorgebracht op de camping. En toch kan ik me niet herinneren dat ik ooit in deze schaapskooi ben geweest.'

'Dat kan kloppen, want die staat er nog maar een jaar of tien. Hij is gebouwd toen een paar andere kooien dicht moesten. Die waren echt te oud en vervallen.'

'In het bos vlak bij de camping stond een mooie', mengde Leon zich in het gesprek. 'Toen wij klein waren werd daar ook een kudde gehouden, maar toen we er dit weekend waren leek het wel alsof hij gesloten is.'

'Dat klopt', knikte de herder. 'Jammer genoeg zijn de kleinere kuddes niet langer rendabel te krijgen. Er zijn er nu een paar samengevoegd tot deze grotere kudde en zelfs dan is het moeilijk om met schapen nog een goede boterham te verdienen. We leven nu voornamelijk van wol, zuivel en toerisme.'

Eva had bij de ingang een bus voor vrijwillige donaties zien staan en nam zich voor daar straks wat geld in te gooien.

'Die kooi in het bos is gesloten toen de oude herder vorig jaar overleed', vertelde de man verder. Hij had een zweem van een glimlach op zijn gezicht. 'Hij was de tachtig al gepasseerd en lag op een dag opeens dood op de hei. Voor een herder is er geen mooiere dood te verzinnen.'

Eva glimlachte ook. 'Dat kan ik me voorstellen.'

'Maar in bijna vijftien jaar tijd was er amper onderhoud gepleegd aan het gebouw. Hier en daar was weleens een plankje vervangen of een stukje riet op het dak, maar groot onderhoud was niet gedaan. Het zou veel te veel geld kosten om de stal helemaal te renoveren. Het enige wat nog goed was, was de betonnen vloer. Dan zou je het hele gebouw van de grond af aan opnieuw moeten opbouwen.' Hij schudde zijn hoofd en leek in gedachten terwijl hij praatte. 'Ik denk dat de kooi uiteindelijk afgebroken zal worden, maar de gemeente doet moeilijk. Ze zien het als cultureel erfgoed dat beschermd moet worden, maar willen tegelijkertijd niet betalen voor de renovatie. Terwijl de nieuwe eigenaar van de camping er graag vanaf wil. Het strandje is populair bij zijn gasten, maar niemand wil tegen zo'n vervallen gebouw aan kijken.' Hij fronste. 'Hebben jullie hem al ontmoet? Hij runt het samen met zijn vrouw.'

Eva knikte. 'Ja, we kennen Ron en Nienke nog van vroeger.'

'O ja, natuurlijk, hij komt al van kinds af aan op de camping. Ik ken zijn vader ook goed, de boswachter.'

Het was duidelijk dat de herder op zijn praatstoel zat en hij weidde uit over zijn wandelingen over de hei en hoe hij de omgeving in dertig jaar tijd had zien veranderen. Leon ging erop in, Eva begon haar interesse te verliezen. Ze merkte dat Max ook onrustig werd. De schapen waren inmiddels weggelopen en stonden te soezen in het zonnetje of hooi te eten uit een grote ruif aan de zijkant van de stal. Max draaide ongeduldig in zijn wagen en probeerde zich los te wurmen.

'Ik loop even naar het winkeltje', zei Eva, waarna ze de kinderwagen die kant op duwde. Er klingelde een belletje toen ze de deuren opendeed. Binnen werden producten verkocht van wol die uiteraard afkomstig was van de eigen schapen. Ze stond even met een wit vestje in haar handen, maar legde het toen weer terug. Max' kast puilde al uit. Aan de zijkant van het winkeltje, tegen de toonbank, stond een koeling met schapenmelk en wat kaas. Ze besloot wat mee te nemen voor de borrel van vanavond, al zouden Ron en Nienke vast de lokale producten wel kennen.

Het belletje klingelde weer toen ze naar buiten liep. De zon viel op haar gezicht, een brutaal schaap kwam op haar afgelopen en duwde zijn neus tegen haar hand. Max begon te kraaien van plezier. Eva glimlachte. Na de paar moeilijke dagen begon ze zich nu steeds meer te ontspannen, merkte ze. Ze had Spanje helemaal niet nodig voor een fijne vakantie en ze begon hoe langer hoe meer te geloven dat dat voor Leon ook gold.

Hoofdstuk 7

DE GEUR VAN ROOK PRIKTE IN HAAR NEUS. EVA SNOOF diep. Blijkbaar was het Leon gelukt de vuurkorf aan te krijgen. Hij was er al een halfuur mee bezig, had een paar keer geklaagd dat het hout te nat was en was er uitsluitend in geslaagd vuur te maken door de kranten aan te steken. Maar hij had nu meer succes.

'Gelukt?' vroeg Eva toen hij het huisje binnenkwam om de zwarte vegen van zijn handen te wassen.

Leon knikte. 'Met dank aan aanmaakblokjes en spiritus.'

Eva trok een gezicht. 'Kijk je wel een beetje uit?'

'Het vuur moet toch branden.'

Ze grinnikte. Ze herinnerde zich nog dat haar vader vroeger op dezelfde manier met een vuurkorf in de weer was geweest. Haar moeder had eens opgemerkt dat in elke man een pyromaan school en tot nu toe was Eva niet overtuigd van het tegendeel. Leon was in staat de barbecue aan te steken op hun balkon, iets wat Eva tot nu toe had weten te voorkomen. In plaats daarvan zaten ze op zomerse dagen vaak in het Vondelpark, waar Leon de Weber dan onhandig naartoe versleepte op de fiets. Eva had weleens voorgesteld gewoon een instantbarbecue te gebruiken, maar dat was volgens Leon een vorm van heiligschennis. En ach, ze moest toegeven dat het voordelen had dat Leon zo van barbecueën hield. Vanavond had ze alleen een salade hoeven maken, hij had gezorgd dat de ribeye die ze vanmiddag bij de slager in het dorpje hadden gekocht, precies goed gegaard was. Eva had nu het gevoel dat ze in één dag tien kilo was aangekomen, zo veel had ze gegeten. Maar het was vakantie en dan hoefde ze van zichzelf niet zo op te letten.

'Staat de rosé koud?' vroeg Leon, terwijl hij de koelkast opentrok.

Eva knikte. 'Ja, en ik heb er net nog wat extra bier bij gezet. Volgens mij moet het genoeg zijn en anders gooi ik straks nog wel wat in het vriesvak.'

'Wat is dit?' Leon pakte een stukje stokbrood en haalde het door een schaaltje met hummus dat Eva had klaargezet.

'Hé' sprak ze hem bestraffend toe, 'dat is voor straks.'

'Lekker', zei Leon, haar opmerking negerend. 'Slaapt Max?'

'Ja, die was uitgeteld van al die nieuwe indrukken. Hij vond de schapen echt prachtig vanmiddag.'

'En het zwemmen ook.' Leon kwam achter haar staan, schoof haar haar aan de kant en kuste haar nek. 'Ik had bedacht dat we morgen wel naar dat strandje kunnen gaan. Dat is voor Max ook leuk.'

'Denk ik ook, en...' Eva kreeg de kans niet om haar zin af te maken, want Leon trok met een ruk zijn hoofd terug. 'Volgens mij gaat het vuur iets te hard', zei hij, voordat hij zich snel uit de voeten maakte. Eva strekte haar nek uit. De vlammen schoten inderdaad hoog boven de vuurkorf uit. Gelukkig had Leon die niet onder het afdakje gezet. Glimlachend schudde ze haar hoofd. Ze kende hem langer dan vandaag, hij had natuurlijk veel te veel aanmaakblokjes gebruikt.

Ze richtte haar aandacht weer op de hapjes die ze aan het klaarmaken was. Haar mes sneed soepel door de kaas die ze vanmiddag bij de schaapskooi had gekocht. Ze had al even geproefd en hij was heerlijk. Een beetje zoutig, met die typische, romige smaak van schapenmelk. Als kind had ze ervan gegruwd, net als van geitenmelk, maar tegenwoordig kon ze het wel waarderen. Een van haar favoriete manieren om de zaterdag te beginnen was met een bezoekje aan Tromp, de kaaswinkel op de Utrechtsestraat. Daar sloeg ze dan voor een vermogen in en vervolgens verheugde ze zich de rest van de dag tot het borreltijd was. Leon kreeg altijd een hartverzakking als hij hoorde wat ze had uitgegeven, maar volgens Eva was het iedere cent waard.

Stemmen bij de achterdeur van het huisje haalden haar uit haar gedachten. Ze keek om en zag dat Ron en Nienke hun opwachting hadden gemaakt. Leon was erin geslaagd de vuurkorf een stukje op te schuiven en maakte nu een uitnodigend gebaar richting de tuinstoelen op het terras. Eva waste haar handen en liep naar buiten.

'Hé, hallo'

'Ha, Eva.' Ron kwam op haar af en begroette haar met drie zoenen, wat Eva een beetje overviel. Daarna deed Nienke hetzelfde.

'Leuk dat jullie ons hebben uitgenodigd', zei die laatste. 'We hebben een flesje wijn meegenomen. Lokaal gemaakt.'

'Echt waar? Wat leuk.' Eva keek naar het etiket. 'Ik wist helemaal niet dat er wijnbouw bestaat in Drenthe.'

'Het gebeurt ook niet veel. Deze man is een hobbyist die zijn wijn verkoopt via kleine winkels met alleen streekproducten. We verkopen het ook in onze campingwinkel.'

'Ik ben benieuwd', zei Eva. 'Ik leg hem koud. Maar voor nu heb ik rosé in de aanbieding. Wil je een glas?'

'Lekker.' Nienke knikte. Ron ging liever voor een biertje. Eva liep naar binnen om de drankjes in te schenken. Leon kwam achter haar aan en nam de hapjes mee.

De wijn smaakte prima. Voor ze het wist was haar glas leeg. Leon schonk bij. Ze praatten, en dronken. Toen het iets frisser werd schoof hij de vuurkorf dichter naar het terras. De warmte van het vuur verhitte haar huid. Het gesprek bleef gaande, geen moment was het stil. Eva had zich van tevoren nog wel afgevraagd of ze genoeg te bespreken hadden of dat het zo'n avond zou worden waar geen einde aan kwam. Ze kon prima een gesprek aan de gang houden, maar bij sommige mensen kostte dat heel veel energie. Daarvan was nu geen sprake.

Er ging een nieuwe fles open. Leon schoof zijn stoel iets naar achter en maakte ruimte voor de vuurkorf in hun midden. Het gesprek viel uiteen in twee delen: hij en Ron aan de ene kant van de korf, Eva en Nienke aan de andere. Eva reikte naar voren en stak het laatste stukje kaas in haar mond. Ze was een beetje misselijk, maar dat weerhield haar er niet van om verder te drinken.

'Max is wel echt een schatje', zei Nienke toen ze net hadden besproken dat Eva het moederschap geweldig vond, maar soms ook zwaar. 'Echt een vrolijk mannetje.'

'Ja.' Eva glimlachte en voelde zich een beetje verliefd, zoals altijd als ze aan haar kind dacht. 'Het is ook zo heerlijk om hem in ons leven te hebben.' Ze aarzelde even, maar slikte toen haar vraag in of Nienke en Ron geen kinderen wilden. Het had meer dan twee jaar geduurd voor ze zwanger werd van Max. In die tijd was ze zelf horendol geworden van vragen naar haar kinderwens. Het feestje voor haar dertigste verjaardag had op dat gebied het dieptepunt gevormd. De suggestieve opmerkingen waren de hele avond niet van de lucht geweest. Grapjes van vrienden, impertinente vragen, haar schoonmoeder die ten overstaan van de hele groep had geroepen dat Eva toch echt een buikje had. Ze had nota bene met een glas wijn in haar hand gestaan! Het was niet alleen irritant geweest, maar ook pijnlijk. Eva was toen al een halfjaar gestopt met de pil en ongeduldig als ze was, baalde ze er behoorlijk van dat ze nog altijd niet zwanger was. Het was maar goed dat ze toen niet had geweten dat haar geduld nog veel meer op de proef zou worden gesteld.

'Je bent best jong moeder geworden, nietwaar?' Nienke draaide haar glas rond en staarde in de vlammen terwijl ze het zei. 'Hoe oud was je? Tweeëndertig?'

Eva knikte, een beetje verbaasd dat Nienke haar leeftijd wist, tot ze zich realiseerde dat zij en Nienke even oud waren. 'Ach, jong' Ze haalde haar schouders op. 'Mijn moeder was tweeëntwintig toen ze mij kreeg. Maar dat was natuurlijk een andere tijd.'

'Vrouwen schijnen steeds ouder te zijn als ze moeder worden.'

Eva nam nog een slok rosé. 'Van mij had het wel wat eerder gemogen', zei ze toen, een beetje in een opwelling. Ze had dit nog niet vaak aan iemand verteld. Misschien kwam het door de rosé dat ze wat losser was dan anders.

'O ja?' Nienke fronste en keek haar aan. 'Maar wilde Leon niet?'

Eva keek even naar haar man, die door het vuur gedeeltelijk aan haar zicht werd onttrokken. Hij was geanimeerd met Ron in gesprek en praatte met drukke handgebaren. Ze richtte haar aandacht weer op Nienke en schudde haar hoofd. 'Nee, dat was het niet. Het duurde gewoon heel lang, ik weet ook niet waarom. We hebben er ruim twee jaar op gewacht.'

'O.' Nienke keek haar aan met iets van medelijden in haar blik. 'Dat is balen.'

'Ja.' Eva knikte zacht. Het was gek dat ze zelfs nu Max er was en ze die periode achter zich had gelaten, nog zo het gevoel kon terughalen. Ongeduld, pijn en zelfs boosheid toen de ene na de andere vriendin zwanger raakte. Haar tranen achteraf als er iemand half lachend had verteld dat het al in één maand raak was. Ze had het oneerlijk gevonden, al wist ze zelf niet precies wat eerlijkheid op dit gebied dan inhield.

'Ben je naar de dokter gegaan?' vroeg Nienke.

Eva schudde haar hoofd. 'Ikzelf had dat na een jaar of anderhalf wel gewild, maar Leon voelde er weinig voor. Hij heeft al die tijd gezegd dat het wel goed zou komen.

Hij was ervan overtuigd dat hij niet onvruchtbaar was.' Ze glimlachte een beetje. 'Mannelijke trots, hè?'

Nienke lachte kort. 'Ja, kom niet aan hun voortplantingskunsten, om het zo maar te noemen.'

'Nee.' Eva schudde haar hoofd. 'Ik kon me ook niet voorstellen dat het aan mij lag, want ik was gewoon gezond, maar je weet het niet. Ik wilde wel naar de huisarts, maar aan de andere kant was ik het ook wel met Leon eens dat zo'n traject van vruchtbaarheidsbehandeling nou ook niet iets is wat je voor de lol doet. Ik wilde niet ongeduldig zijn en ons daardoor storten in iets wat misschien niet nodig was geweest.' Ze haalde haar schouders op. 'Achteraf gezien was dat de goede beslissing.'

'Want ineens was je zwanger', zei Nienke. Het klonk half vragend. Eva knikte. 'Ja, ik weet nog steeds niet waarom het die keer wel gebeurde. Geluk, denk ik. Je wil niet weten hoe bang ik was dat het fout zou gaan die eerste weken. Ik was ervan overtuigd dat ik dan weer twee jaar zou moeten wachten.' Ze schudde met haar hoofd alsof ze daarmee die gedachte kon kwijtraken. Ze merkte dat ze het eigenlijk nog niet echt had verwerkt, al had de komst van Max wel alles goedgemaakt. Soms dacht ze al voorzichtig aan een tweede kind. Als het weer zo lang zou duren, konden ze maar beter op tijd beginnen, was haar redenering. Leon dacht daar anders over. Hij was veel te bang dat het nu in één keer raak zou zijn en wilde wachten tot Max minstens anderhalf was.

'Tja, wachten duurt lang', zei Nienke. Ze schokschouderde. 'Maar het kwam goed, toch?'

Eva glimlachte. 'Ja, het kwam goed.' Ze dacht aan Max, bij wie ze daarstraks nog even was gaan kijken. Hij lag te slapen zoals alleen baby's dat kunnen: met zijn armen omhoog langs zijn hoofd, diep in dromenland. Zoals altijd bezorgde alleen al de gedachte aan hem haar een verliefd gevoel.

'Het lijkt mij ook niet fijn.'

Eva keek op en was even de draad van het gesprek kwijt. 'Wat bedoel je?'

'Zo'n ivf-traject. Een vriendin van mij heeft het gedaan en uiteindelijk zijn alle pogingen mislukt. En haar relatie trouwens ook.' Nienke schudde even haar hoofd. 'Die waren elkaar helemaal kwijtgeraakt.'

'Het is ook zwaar voor je relatie, denk ik. Als vrouw beleef je het toch anders dan als man. Dat is al als je gewoon zwanger probeert te worden.' Eva dacht even terug aan de momenten dat ze zich onbegrepen had gevoeld door Leon. Als ze ongesteld was geworden en de teleurstelling groot was, riep Leon alleen maar dat ze volgende maand weer een kans hadden. De eerste tijd had ze dezelfde instelling gehad, maar na een maand of acht had ze steeds meer moeite gehad om zo te denken. Iedere keer weer moest ze zichzelf bij elkaar rapen, zeker toen er een jaar verstreek. Ze voelde zich buitenspel gezet door het leven. Al haar vriendinnen kregen kinderen, haar jongere zusje nota bene. De babyshowers, de kraamvisites, de kleine kleertjes die ze kocht als cadeau en die ze soms letterlijk huilend stond in te pakken. Zelfs na al die tijd voelde ze weer de bal in haar maag die er toen ook vaak had gezeten. De bal van opgekropt verdriet, van onverwerkte emoties. Gek dat die nu ineens weer bovenkwam.

Ze nam nog een slok wijn en keek naar Nienke, die op haar beurt naar de vuurkorf staarde en diep in gedachten verzonken leek te zijn. Het lag opnieuw op Eva's lippen om haar te vragen of zij een kinderwens had, maar ze deed het niet. Het ging haar niet aan en ze wist hoe irritant die vraag kon zijn, hoe de situatie ook was.

'Maar jullie', veranderde ze van onderwerp. 'Laten we het over de camping hebben. Jullie hebben er echt iets moois van gemaakt.'

'Ja, vind je het leuk hier?' Er kwam meteen een soort enthousiasme over Nienke, dat er bij het vorige onderwerp niet was geweest, zag Eva. Het was mooi om te zien dat zij en Ron zo gepassioneerd met hun bedrijf bezig waren.

'Ik vind het geweldig', zei Eva gemeend. 'En ik vind het knap dat jullie in de huidige tijd de boel gewoon helemaal vol weten te krijgen, ook al is de zomervakantie nog niet eens begonnen. Dat zegt volgens mij genoeg.'

'Daar zijn we zelf ook heel blij om', knikte Nienke. 'De concurrentie wordt in deze regio steeds groter. Je kunt hier meer en meer huren via Airbnb. En nu zijn er weer plannen voor een groot vakantiepark, een kilometer of twintig verderop. Daar moeten wel vijftig huisjes komen.'

'Als je eenmaal op deze camping bent geweest, wil je helemaal niet in zo'n groot en onpersoonlijk vakantiepark zitten', zei Eva overtuigd. 'Dat kleinschalige is veel leuker.'

'Ik hoop het.' Nienke haalde kort haar schouders op. 'We maken ons er niet zo druk om. We hebben sowieso een vaste kern van gasten die elke zomer terugkomen.'

'En een wachtlijst voor de seizoensplekken en de huisjes', vulde Ron aan, die haar laatste opmerking had gehoord. Leon was even weg en daarom mengde Ron zich in hun gesprek. 'Vandaag belden er weer twee mensen om te vragen of ze deze zomer nog vier weken met een caravan konden komen. Gisteren kreeg ik ook drie van zulke verzoeken.'

'We hebben een beetje geadverteerd', zei Nienke. 'Vooral via Facebook. Dat leek ons nodig, maar we zaten al heel snel vol en nu moeten we mensen teleurstellen.'

'Volgens mij is dat alleen maar goed', zei Eva. 'Alles wat schaars is, wordt populairder, toch? Die mensen reserveren volgend jaar in maart alvast.'

'Eén man heeft nu al voor volgend jaar een plek vastgelegd, voor vijf weken', zei Ron niet zonder trots. 'Hij zei dat hij zoveel goede dingen over ons had gehoord en dat hij nu op tijd wilde zijn.'

'O, echt?' Nienke keek verwonderd. 'Dat had je nog helemaal niet verteld.'

'Wat goed', zei Leon, die zich weer bij hen voegde. 'Ik herinner me van vroeger dat de camping ook altijd helemaal vol was. Volgens mij heeft er niet één slechte zomer bij gezeten, zelfs als het weer niet meewerkte.'

Ron knikte een beetje. 'Volgens Jannes was het niet altijd makkelijk, maar in mijn beleving waren er inderdaad ook geen zomers dat het rustig was op de camping. Hij en Thea hebben gewoon een goede naam opgebouwd en het is aan ons om die voort te zetten.'

'Weet je nog die vrouw alleen, die die stacaravan op de hoek had?' vroeg Leon, half lachend. 'Staat ze er nog?'

'Nee, die is overleden. Volgens mij was ze in onze jeugd al ver boven de tachtig.'

'Wij dachten vroeger altijd dat het een heks was. Ik weet nog dat mijn broer Paul me gek maakte met verhalen dat hij haar 's nachts op haar bezem had zien vliegen.' Leon haalde zijn hand door zijn haar. 'En ik geloofde dat ook nog.'

Ron grinnikte. 'Ik heb mijn vader nog eens gevraagd of hij haar geheime kookpot had gevonden. Een vriendje had mij toen wijsgemaakt dat ze diep in het bos kruidenmengsels brouwde, waarmee ze ons kon omtoveren in van alles en nog wat.' Hij tikte nadenkend met zijn vinger tegen zijn kin. 'Het engste was nog dat mijn vader het niet ontkende.'

'Dat arme mens.' Leon glimlachte. 'Dat was natuurlijk een hartstikke lief vrouwtje. Kon zij er wat aan doen dat ze een bochel in haar rug had.'

'Ja, al die mensen van vroeger', zei Ron, hoofdschuddend. Hij keek op en ving Eva's blik. 'Ik was er al een heleboel vergeten tot wij het er laatst over hadden. Die avond in Amsterdam heeft mijn geheugen opgefrist, ondanks de alcohol. Ongelooflijk hoeveel jij er nog wist op te noemen.'

Eva beet op haar lip en voelde haar hart bijna ontploffen van schrik. Dit was het moment waarvoor ze bang was geweest. De wijn had haar minder scherp gemaakt, anders had ze het gesprek al eerder afgeleid van het onderwerp. Ze wist niet waar ze moest kijken. Onmiddellijk voelde ze Leons blik in haar richting branden. Ze vermeed hem door naar Ron te kijken en te knikken. Haar stem stokte in haar keel, maar ze wist eigenlijk toch niet wat ze moest zeggen.

'Die twee mensen met al die tuinkabouters.' Ron grinnikte van plezier bij de herinnering. Hij wendde zich tot Leon. 'Die man was zo'n chagrijnige oude zeur. Had Eva je al verteld dat hij heel veel jaren later ineens dood in zijn caravan lag? Geen wonder dat zijn hart het niet trok, hij maakte zich ook altijd zo druk.'

'Nee', zei Leon, afgemeten. 'Dat heeft Eva niet verteld.'

Opnieuw voelde ze zijn blik zwaar op haar gericht. Met een ruk stond ze op. 'Iemand nog iets drinken?'

'En je vond het niet nodig dat aan mij te vertellen?'

Eva fronste en sloeg haar blik neer. Dit was het. Dit was precies de reden dat ze niks had gezegd. Leon blies het op tot veel te grote proporties.

'Ik dacht dat ik het had verteld', zei ze zo luchtig mogelijk. Ze hoorde zelf ook wel dat het nep klonk. 'Het is toch ook niet zo belangrijk? We hebben gewoon als oude vrienden iets gedronken, omdat Ron toevallig in de stad was.'

'Dat had je toch kunnen vertellen?' Leon kneep zijn ogen samen. 'Waarom zou je dat voor mij moeten verbergen?'

Eva gaf niet meteen antwoord. Ze wist al dat het moeilijk zou zijn om hem ervan te overtuigen dat het echt niks voorstelde. Ze hadden ook helemaal geen contact meer gehad, behalve een WhatsApp-bericht over en weer om elkaar te bedanken voor de leuke avond.

Met een vaatdoekje nam Eva het aanrecht af, hoewel dat eigenlijk al schoon was. Het was iets na middernacht. Ron en Nienke waren pas net vertrokken. Ze hadden hun hielen nog niet gelicht of Leon was erover begonnen. Natuurlijk. Sinds Rons opmerking had Eva de hele tijd geweten dat dit gesprek eraan zat te komen. Zolang Ron en Nienke er waren, had Leon gedaan alsof er niks aan de hand was, maar Eva kende hem goed genoeg om te weten dat dat niet waar was. Ze merkte het aan de blik in zijn ogen, dat hij meer kortaf was geweest. Ze had geprobeerd zich voor te bereiden op de ruzie die ongetwijfeld zou volgen, maar eigenlijk was dat niet gelukt.

'Je wist toch dat ik weer contact met hem had?' vroeg ze, het klonk wat zwak. 'Ik had gezegd dat we Facebookvrienden waren geworden.'

'Facebookvrienden?' Leon spuugde een beetje, zo verontwaardigd sprak hij het woord uit. 'Ik ga toch ook niet met al mijn Facebookvrienden wijn drinken. Je moet het toch met me eens zijn dat het nogal apart is dat je niks hebt gezegd, Eva? Ik wil daar niks achter zoeken, maar je maakt het me niet makkelijk.'

'Je was in het buitenland.'

'Voor anderhalf jaar?' Leons stem trilde van ingehouden boosheid. 'Ik was vier dagen weg. Vijf als je meerekent dat jij aan het werk was toen ik thuiskwam. Je wist na vijf dagen niet meer dat je met Ron uit was geweest?'

Eva sloot haar ogen even. Ze had het gewoon moeten zeggen, dat wist ze zelf ook wel. Dat had ze toen geweten en dat realiseerde ze zich nu eens te meer. Leon zou het misschien lastig hebben gevonden dat ze met Ron had afgesproken terwijl hij weg was, maar hij zou het natuurlijk wel gewoon hebben geaccepteerd. Hij was heus niet zo achterdochtig. Door het te verzwijgen had ze deze problemen over zichzelf afgeroepen. Het enige wat ze nu kon doen, was lijmen.

'Leon,' begon ze op overredende toon, 'luister, je hebt gelijk. Ik had het gewoon moeten zeggen.'

'En waarom heb je dat niet gedaan?' Hij keek haar priemend aan. In zijn handen hield hij een houten bord met de restanten van wat hapjes. Hoewel hij bijna in de keuken stond, zette hij het bord niet neer. 'Wat heb je te verbergen?'

'Niks, maar...' Ze sloot haar ogen, schudde haar hoofd en keek Leon toen aan. Daarna slikte ze en richtte haar blik op het vaatdoekje dat ze in haar hand had. 'Ik was bang dat je er meer achter zou zoeken. En het was in die tijd soms al zo gespannen tussen ons. Met het zwanger worden en alles.' Ze kneep haar ogen opnieuw dicht. 'Het stelde niks voor en daarom wilde ik het niet vertellen, zodat er ook geen gedonder van zou komen.'

'Jemig, Eva.' Leon sloeg van woede op het aanrecht. 'Begrijp je zelf hoe ongeloofwaardig dit overkomt? Je hoeft niet voor mij te denken, dat kan ik zelf wel. Ik dacht dat wij eerlijk naar elkaar zouden zijn. Dat is de basis van een relatie.'

Eva deed haar mond open om iets te zeggen, maar sloot hem toen weer. Ze haalde kort haar schouders op. 'Je hebt gelijk', zei ze zacht. 'Het was stom van me.'

'Ga je me dan nu ook vertellen waarom je het niet hebt gezegd?' vroeg Leon. Het ongeduld lag op zijn gezicht. Tussen zijn wenkbrauwen had hij een frons, die er alleen maar zat als hij boos was.

Eva dacht na, maar haar hoofd leek ineens leeg. 'Hierom', zei ze uiteindelijk, schokschouderend. 'Omdat ik bang was dat je er veel meer van zou maken dan het is.' Ze beet op haar lip. 'En juist door het niet te zeggen heb ik dat nu alleen maar versterkt.'

'Ja.' Leon blies zijn adem uit door zijn neus. Tegelijk schudde hij zijn hoofd, wierp een blik op haar en schudde toen nogmaals. 'Laten we er maar over ophouden', zei hij toen. 'Er valt nu toch niks meer aan te veranderen.'

'En er is niks gebeurd', benadrukte Eva nog maar eens.

Leon knikte, maar ging daar verder niet op in. Al die tijd was hij met het bord in zijn handen blijven staan, nu kwam hij eindelijk in beweging. Hij gooide de restjes in de prullenbak en zette het bord daarna op het aanrecht. Eva had geen zin meer om het af te wassen, dat kwam morgen wel.

'Zullen we slapen?' Ze keek Leon aan terwijl ze het vroeg. Hij knikte, neutraal. Ze merkte dat het hem moeite kostte om het gesprek niet opnieuw te beginnen. Zij op haar beurt moest de neiging onderdrukken om hem te vertellen dat zijn onvermogen om onderwerpen te laten rusten, de reden was dat ze het überhaupt nooit had aangesneden. Dat hij elk onderwerp van alle kanten wilde belichten en de automatische drang had een schuldvraag te stellen, kwam ongetwijfeld door zijn werk.

Eva deed het licht uit en liep voor Leon uit naar boven. Ze kon slecht tegen de spanning in de lucht, maar er was nu even niks wat ze eraan kon doen, behalve hopen dat Leon morgen zijn humeur niet liet bepalen door wat er vanavond was gebeurd. Niet nu het met de sfeer tussen hen net de goede kant op leek te gaan. Ze wierp een blik in de spiegel en verliet daarna de badkamer.

Het was warm in de slaapkamer, benauwd onder het schuine dak. Leon had het raam opengezet, maar dat bracht weinig verkoeling.

Hoofdstuk 8

EEN ZURE LUCHT PRIKTE IN HAAR NEUS TOEN ZE DE KAmer binnenkwam. Eva bleef staan en fronste voordat het tot haar doordrong wat ze rook.

'O jeetje', zei ze geschrokken, vooral tegen zichzelf want Max lag nog te slapen. Eva was bij hem gaan kijken omdat ze hem even daarvoor had horen hoesten en ze wilde checken of alles goed ging. Ze had vannacht om halfvijf nog een fles voor hem gemaakt, daarna had ze hem niet meer gehoord. Hoewel het fijn was dat ze zelf tot halfacht had kunnen slapen, was ze ook meteen bezorgd geweest of alles wel goed was toen hij niet zo vroeg wakker was geworden.

Dat was niet zo, getuige zijn ondergespuugde bedje. Maar blijkbaar had Max erdoorheen geslapen of was hij meteen weer onder zeil gegaan, want hij lag met zijn wang in zijn eigen spuug diep in slaap. Eva aarzelde even, maar er was geen andere manier dus maakte ze hem wakker.

Hij was niet zichzelf, merkte ze meteen. Hij was hangerig en huilerig. Ze riep Leon, die Max meenam naar beneden terwijl Eva het bedje verschoonde. Het huisje had geen eigen wasmachine, dus ging ze naar de receptie voor een wasmunt en daarna naar de wasserette die ernaast lag. Het was rustig omdat het nog vroeg was. Ze hoopte maar dat Max snel zou opknappen, anders zou ze hier vandaag nog wel wat tijd doorbrengen.

Ze stopte het vieze beddengoed in de machine toen haar telefoon ging. Leon. Ze nam op.

'Waar ben je?' vroeg hij.

'In de wasserette.'

'Kun je terugkomen?' Hij klonk gehaast.

'Wat is er?'

'Max is weer aan het spugen. Het lijkt wel alsof hij niet meer ophoudt.'

Eva vloekte binnensmonds. 'Ik kom eraan.'

Snel zette ze de wasmachine aan en haastte zich naar buiten. Terwijl ze terugliep naar het huisje, dacht ze na over wat er aan de hand kon zijn. Ze hadden gisteravond in het restaurant van de camping gegeten, waar het weer barbecueavond was. Het leek haar sterk dat Max daar iets verkeerds had binnengekregen, aangezien ze hem een potje had gegeven. Dat was alleen even warmgemaakt in de magnetron. Verder had hij niks gehad. Leon had nog een stukje brood voor hem van het buffet gepakt, maar dat had hij niet opgegeten. Eigenlijk was Eva daar wel blij om. Erg hygiënisch was het niet: zo'n mand met brood waar iedereen met z'n handen in zat.

Overdag had Max ook niks vreemds gegeten: een boterham, een banaan, een soepstengel. Ze waren de hele dag bij het zwembad of in het huisje geweest en alles wat hij binnen had gekregen had Eva zelf meegenomen. Ze kon zich niet voorstellen dat hij daar ziek van was geworden. Het moest bijna wel een virus zijn, en dan hoopte ze maar dat Leon en zij niet besmet raakten.

Max was alweer vrolijk toen ze het huisje binnenkwam. Hij lachte en strekte zijn armpjes naar haar uit. Ze nam hem over van Leon en rook de zure lucht in zijn haar. 'Ik ga hem wassen', zei ze. Leon knikte en keek naar de spuugvlekken op zijn T-shirt.

Zo snel als hij was opgeknapt, zo snel werd Max ineens ook weer ziek. Net toen ze hem had uitgekleed, trok de kleur weg uit zijn gezichtje. Het volgende moment begon hij weer te spugen, maar dat was eigenlijk alleen maar gal. Zijn hele lijfje schokte.

'Leon!' Eva schrok van wat ze zag en riep naar beneden. Max spuugde weleens vaker, maar nooit op deze manier. Het geroffel van voetstappen klonk op de trap, Leon stak zijn hoofd om de hoek van de kleine badkamer.

'Wat is er?' vroeg hij, gealarmeerd door haar stem.

'Hij spuugt heel erg', zei Eva bezorgd. Ze merkte zelf dat haar stem paniekerig klonk. 'Ik heb hem nog nooit zo gezien. Zullen we de dokter bellen?'

De spuug was op Eva's kleren en op de grond terechtgekomen en Leon pakte een handdoek om Eva's shirt schoon te maken. Hij haalde diep adem, keek naar Max en trok vertwijfeld met zijn mond. 'Is dat niet een beetje overhaast? Baby's spugen wel vaker.'

'Maar niet zo.' Eva legde haar hand beschermend om

Max' hoofdje. 'Een klein beetje is normaal, maar hij is echt aan het overgeven.'

'Misschien heeft hij een virus.'

'Kan dat geen kwaad voor zo'n kleine baby? Straks droogt hij uit.'

Leon trok zijn wenkbrauwen op. 'Ik weet het niet.' Hij haalde zijn telefoon tevoorschijn en begon het op te zoeken op internet. 'Hier staat dat je naar de dokter moet als hij suf is of hoge koorts heeft, of als het een paar dagen duurt.'

Max had zijn hoofd tegen haar schouder gelegd en hing tegen Eva aan. 'Ik twijfel toch hoor, Leon', zei ze. 'Ik zou het wel fijn vinden als de dokter hem even onderzoekt. Voor hetzelfde geld is het overgeven een teken van iets anders en wordt hij hartstikke ziek.'

Leon beet op zijn onderlip en keek weifelend. 'Baby's kunnen soms toch gevoelig reageren op veranderingen, of het weer. Misschien heeft hij gewoon last van de warmte.' Hij hield zijn telefoon in de lucht. 'Hier staat dat het geen kwaad kan om ORS te geven, zodat hij niet uitdroogt. Ik rij wel even naar een drogist en dan kijken we het daarna nog een tijdje aan, oké?'

Eva knikte, al was het wat onwillig. Waarschijnlijk had Leon gelijk.

Terwijl Leon vertrok, waste Eva Max en daarna nam ze hem in alleen een romper mee naar beneden. Ze maakte zijn fles klaar, maar daar had hij geen interesse in. Hij jengelde en ze liep wat met hem rond tot hij opnieuw begon te spugen en ze hem weer moest omkleden. Het duurde lang voordat Leon terugkwam. Ze maakte zich zorgen. Als Max een paar slokjes water nam, spuugde hij die vrijwel meteen weer uit. Eva moest zich inhouden om niet alsnog de dokter te bellen, maar besloot toen toch op Leon te wachten.

'Ah gossie, ventje toch.' Nienke liet haar vinger zachtjes over Max' haartjes gaan en toen hij naar haar lachte, kietelde ze hem onder zijn kin. 'Was jij zo ziek, mannetje? Ja?'

Max giechelde bij het gekke stemmetje dat ze opzette en Nienke kirde nog wat tegen hem. Eva keek ernaar met een glimlach, nog steeds opgelucht dat Max eindelijk aan het opknappen was. Het was vier uur en ze had het gevoel dat ze twee dagen non-stop in de weer was geweest met omkleden, wassen, schoonmaken en dan dat hele riedeltje weer opnieuw. Maar nu was er, zelfs in het tl-licht in de wasruimte, weer kleur op Max' wangen te zien en in zijn ogen, die de hele dag iets dofs hadden gehad, begon weer wat leven te komen.

Ze propte de lading schone was in een vuilniszak, die ze op de grond zette. Daarna stopte ze de laatste vieze was in de machine. Voor haar gevoel had ze vandaag wel vijftig wassen met vieze handdoeken, shirts en rompers gedraaid. Nienke had haar zelfs gratis wasmunten gegeven, omdat ze het sneu vond dat Max ziek was.

'Gelukkig maar dat hij weer is opgeknapt', zei Nienke tegen Eva, die de wasmachine had aangezet en nu tegen een roestvrijstalen vouwtafel in de wasruimte geleund stond. 'Denk je dat het een virusje was?'

Eva schokschouderde. 'Wel een heftig virus, dan. Ik heb geen idee hoe hij eraan is gekomen.'

'Gisteravond mankeerde hij niks, toch?'

'Nee, maar vanochtend werd hij ziek wakker. Leon is

nog ORS voor hem gaan kopen, omdat we bang waren dat hij zou uitdrogen. Maar gelukkig houdt hij nu alweer een paar uur alles binnen.' Ze glimlachte. 'Ik wilde meteen naar de dokter rennen, maar achteraf gezien was dat misschien een beetje overdreven.'

Nienke gniffelde ook. 'Ik kan me best voorstellen dat je meteen naar de eerste hulp rent als er iets is met je kind. Natuurlijk stelt het negen van de tien keer niks voor, maar je bent toch bezorgd. Wat heet: ik heb het al als onze hond iets mankeert.'

'Maar dat is ook een soort baby', lachte Eva. Ze had Beest, de pup van Nienke en Ron, gisteren voor het eerst gezien. Het was een aandoenlijke bruine labrador van acht maanden, die Eva onbesuisd bijna omver had gelopen. Omdat hij zo druk was, lieten Nienke en Ron hem niet zo vaak los op de camping, maar gisteren was hij ontsnapt uit de tuin van hun eigen huis en een rondje over de camping gaan rennen.

'Trouwens, ik mag wel weer eens een rondje met hem gaan lopen.' Nienke boog zich naar de kinderwagen en legde even haar hand op Max' hoofdje. 'Dag kleine vriend, word maar snel weer helemaal beter.'

'Heb je zin in gezelschap?' vroeg Eva in een opwelling. 'Eerlijk zeggen', zei ze meteen daarna haast verontschuldigend. 'Ik kan me ook voorstellen dat je het af en toe lekker vindt om alleen te zijn, aangezien je de hele dag al gasten om je heen hebt. Maar ik wilde eigenlijk toch een stukje gaan lopen met Max.'

'Ja, natuurlijk', zei Nienke. 'Juist gezellig. Wacht, dan haal ik Beest op en gaan we via het pad bij het zwembad, dat is het handigst met de kinderwagen.'

'Ik moet alleen de was terugbrengen.'

'Zal ik Max anders even meenemen? Dan hoef je niet met de kinderwagen naar het huisje.'

'O ja.' Eva voelde aarzeling, maar knikte toch. Max kende Nienke amper, maar ze was lief voor hem en Eva zou toch zo terug zijn. 'Ja, graag', zei ze toen fermer. 'Dan ren ik even snel heen en weer.'

Ze haastte zich naar het huisje, hing de was op en was binnen een kwartier weer terug met haar gympen aan. Leon was er niet, die was naar de supermarkt gereden om eten voor vanavond te kopen. Ook had hij gezegd dat hij even naar een bouwmarkt zou gaan, omdat er iets kapot was aan een van de tuinstoelen, dus hij zou voorlopig niet terug zijn.

'Oké, ik ben er', zei Eva, toen ze zich weer bij Nienke en Max voegde. Nienke had de hond aan de riem en stond achter de kinderwagen op Eva te wachten. Terwijl Beest ongeduldig aan zijn riem trok, liepen ze richting het zwembad. Ook al liep het tegen vijven, de temperatuur was amper gedaald en het was dan ook nog behoorlijk druk. Door het gedoe met Max was Eva vandaag niet veel buiten geweest, eigenlijk merkte ze nu pas dat het nog steeds zeker vijfentwintig graden moest zijn.

'Heerlijk hè', zei Nienke genietend, toen Eva er een opmerking over maakte. 'Dat was een van mijn weinige bezwaren toen Ron met het plan kwam om de camping over te nemen: we kunnen natuurlijk niet in de zomer op vakantie en in Nederland weet je het maar nooit met het weer. Maar tot nu toe hebben we echt geluk gehad. Er heeft nog niet één verregende zomer bij gezeten.'

'Leon was ook niet echt enthousiast toen ik voorstelde om in Nederland te blijven', vertelde Eva. 'Het eerste wat hij riep was: dan zitten we wekenlang in de regen. Wat dat betreft was de eerste dag hier niet meteen hoopgevend.'

'In Zuid-Europa regent het ook heus weleens.'

'Ja, Zuid-Europa, dat was precies waar hij naartoe wilde', zei Eva. 'Maar ik vond het te veel gedoe met Max. Bovendien is het daar soms wekenlang vijfendertig graden, ook niet fijn met een baby.'

'Nee, dat is echt bloedheet. Wat dat betreft zijn de Nederlandse zomers prima. Ik ben ze ook echt meer gaan waarderen sinds we de camping hebben. Net als deze omgeving, trouwens.' Ze waren bij het bospad aangekomen en Nienke boog voorover om de riem van Beest los te maken. Meteen stoof de labrador ervandoor.

'Jij komt niet uit deze omgeving, toch?' vroeg Eva, toen ze verder liepen. Terwijl ze de vraag stelde vroeg ze zich af of ze dit niet zou moeten weten. Nienke had haar vroeger ongetwijfeld verteld waar ze vandaan kwam, maar ze wist het na al die jaren niet meer.

'Wel uit Drenthe, maar ik ben in Assen opgegroeid. Wij gingen vroeger elk weekend naar de camping, maar ik vond het ook wel lekker om in een stad te wonen. En in de winter vind ik het eerlijk gezegd wel uitgestorven hier.' Ze dacht even na en haalde toen haar schouders op. 'Maar ach, dat seizoen gaat ook zo voorbij omdat we dan zo druk zijn met de voorbereidingen voor de zomer.'

'Hard werken, hoor', zei Eva met iets van bewondering in haar stem. 'En ook wel zwaar werk, lijkt me.'

Nienke knikte een beetje. 'Ach, wat jij doet is ook hard werken, toch.'

Eva maakte een geluid dat instemmend moest klinken. Haar parttime kantoorbaan kwam haar eigenlijk wel wat minder zwaar voor dan het eigenhandig runnen van een camping, waarbij het haar was opgevallen dat Nienke en Ron vrijwel alles zelf deden. Gisteren had ze Nienke op de trekker zien rijden om de geiten, schapen en de pony in het weitje bij de opgang van de camping van hooi te voorzien, de dag ervoor had ze op de ladder gestaan om iets aan de dakgoot van het receptiegebouwtje te repareren en verder leek Nienke altijd of achter de receptie of in het restaurant aan het werk te zijn.

'De camping is gewoon ons leven', zei Nienke toen, alsof ze er zelf even over had nagedacht en dit haar conclusie was. 'We zijn ervoor gegaan, hebben bijna al ons geld erin gestopt en nu willen we het tot een succes maken. Het is echt een kick dat het tot nu toe zo goed gaat. Beest!' Bij dat laatste woord verhief ze haar stem. Max schrok op uit de halfslaap waar hij inmiddels in verkeerde. De hond kwam vrolijk op hen afgestormd, week uit en sjeesde hen voorbij. Eva moest lachen.

Ze waren bij het vennetje aangekomen en Nienke koos het pad links ervan. Het was niet verhard, maar de kinderwagen reed soepel over de bosgrond. Een paar oudere kinderen renden joelend het water in en lieten zich op hun buik vallen. Eva moest lachen om de lol die ze hadden.

'Het lijkt wel gisteren dat wij dat deden', zei ze mijmerend. 'Heerlijke zomers waren dat, met die hele groep vakantievrienden.'

Nienke gaf geen antwoord. Zwijgend stapten ze naast elkaar voort, het enige geluid kwam van hun voetstappen en het licht slepende geluid van de wandelwagen op de bosgrond. De stilte was niet ongemakkelijk en Eva liet haar gedachten de vrije loop. Gek eigenlijk dat ze nog maar zo weinig dacht aan die vakanties van vroeger, zeker die ene toen ze verkering met Leon had gekregen. Ze hadden zo vaak samen in het bos gelopen, ook over het pad waar ze nu was. Ze herinnerde zich weer de wilde plannen die ze hadden gemaakt en die alleen bijna-volwassenen met grote dromen konden maken. Ze wilden zwerven over de wereld, nooit een vaste baan maar het vrije leven, en vooral nooit worden zoals hun ouders, want zoals bijna iedereen van die leeftijd hadden ze hun vaders en moeders natuurlijk burgerlijk en oersaai gevonden. Nu realiseerde Eva zich steeds vaker dat ze blij zou zijn als ze Max net zo'n jeugd kon geven als ze zelf had gehad: warm, veilig en zorgeloos.

'Hoe gaat het eigenlijk met je ouders?' vroeg ze aan Nienke, omdat het ineens in haar opkwam dat ze het daar nog helemaal niet over hadden gehad.

Meteen kreeg ze het gevoel dat ze geen goede vraag had gesteld. Het gebeurde niet heel duidelijk, maar toch zag ze dat Nienke verstrakte. 'Die spreek ik niet zo vaak', zei ze toen wat stijfjes.

'O... sorry.' Eva beet op haar lip. 'Ik had er niet naar moeten vragen.'

'Maakt niet uit.' Het ongemakkelijke moment was gelukkig alweer verdwenen. Nienke glimlachte half en keek voor zich uit, speurend naar Beest. Die sprong tientallen meters verderop over een omgevallen boomstam heen en blafte er vervolgens woedend tegen alsof het een gevaarlijke vijand betrof. Daarna spurtte hij er weer vandoor.

'Mijn ouders zijn anders dan ik', ging Nienke toch verder. 'Als kind merkte ik dat natuurlijk niet zo erg, maar nu wel. Ze zijn...' Ze zweeg en zocht naar woorden. 'Ze zien de wereld zoals ze willen dat die is, niet zoals die werkelijk is.'

Eva liet die woorden even op zich inwerken. 'Bedoel je dat ze een ideaalplaatje in hun hoofd hebben waar jij aan moet voldoen?'

'Nee.' Nienke schudde haar hoofd. 'Dat is het niet. Ik bedoel dat ze een bepaald beeld hebben van dingen, maar dat beeld klopt niet. Dingen van vroeger.'

Eva kneep haar ogen samen. Het klonk haar allemaal wat vaag in de oren. Alsof Nienke iets wilde zeggen, maar het niet wilde uitspreken. 'Dingen die gebeurd zijn?'

Nienke haalde diep adem. 'Onlangs waren ze vijfendertig jaar getrouwd en gaven een feest voor de hele familie. Houdt mijn vader doodleuk een toespraak dat het zo bijzonder is dat ze al zo lang bij elkaar zijn en elkaar altijd trouw zijn gebleven.' Ze schamperde bij de herinnering. 'Mijn vader heeft vijf jaar lang een affaire gehad. Ze gingen bijna uit elkaar toen het uitkwam, maar uiteindelijk wilde mijn moeder niet met twee kleine kinderen op een flatje komen te wonen en heeft ze hem vergeven. Of eigenlijk: heeft ze het in de doofpot gestopt om er nooit meer over te spreken. En dan zo'n speech.' Ze schudde haar hoofd. 'Ik kan daar niet bij. En zo is het met alles.'

'Dus ze liegen eigenlijk', zei Eva.

'Ze maken de waarheid altijd mooier dan die is. Mijn vader heeft ooit een auto-ongeluk veroorzaakt omdat hij te hard reed. Er is een kind zwaargewond geraakt. Het is meer dan twintig jaar geleden en natuurlijk werd er nooit over gesproken, ik weet het via mijn tante. Een paar jaar geleden heb ik mijn moeder ernaar gevraagd, maar ze ontkende het doodleuk.' Nienke schudde opnieuw met haar hoofd, iets wilder deze keer. 'Omdat ze niet willen dat het is gebeurd, is het niet gebeurd. Net als de ruzies die ze vaak hadden. Ik heb daar als kind last van gehad, maar als ik probeer er nu als volwassene over te praten, zegt mijn moeder dat ik het heb verzonnen.'

Eva knikte half. 'Ik heb weleens gelezen dat erkenning de sleutel is tot verwerking.'

'Precies. Al zou mijn moeder maar gewoon zeggen dat ze begrijpt dat ik het, als gevoelig kind, moeilijk vond als er weer eens werd geschreeuwd. Dat ze niet bij machte was om het anders te doen, dat kan ik als volwassene begrijpen. Maar ze kan toch wel zeggen dat ze inziet dat het voor mij niet leuk was. Ik heb daar echt last van gehad.'

'Dat begrijp ik.'

Nienke snoof even. 'Ja', zei ze, al was het niet helemaal duidelijk wat ze daarmee bedoelde.

Eva dacht na over Nienkes woorden. Ze kon zich er niks bij voorstellen. Haar eigen ouders hadden sowieso niet vaak ruzie, maar die ene keer dat haar vader woedend de deur uit was gestormd en pas de volgende dag terug was gekomen, was nog steeds een anekdote die zo nu en dan voorbijkwam. Hij had vast spijt dat hij het had gedaan nu hij het zoveel jaar later nog moest horen.

Wat Nienke vertelde, was eigenlijk best heftig. Als je niet bij je ouders terechtkon voor een gesprek over onaangename herinneringen, waar dan? Ontkenning was verschrikkelijk voor een kind, en eigenlijk net zo erg voor een volwassene.

'Mijn broer heeft er veel minder last van', zei Nienke na een tijdje. 'Maar hij zit eigenlijk hetzelfde in elkaar, dat helpt.'

‘Wat vinden ze ervan dat je de camping hebt overgenomen?’ vroeg Eva.

Nienke haalde haar schouders op. ‘Niet zoveel. Ze zijn een keer komen kijken, meer niet.’

‘En Rons ouders?’

‘Zijn vader helpt vaak mee met kleine klusjes, vooral veel groenonderhoud.’

‘O ja, logisch.’

‘Ja, en zijn moeder komt vaak koffiedrinken. Soms staat ze een tijdje achter de receptie als we even niemand hebben, dat is wel lief.’

Eva probeerde zich Rons moeder voor de geest te halen, maar ze had niet meteen een beeld voor zich. Er kwam wel een gezicht in haar op, maar ze wist niet of dat het juiste was. Rons moeder was altijd op de achtergrond geweest, dat wist ze wel. Vroeger was er elke week een feestavond op de camping, maar daar was ze nooit bij. Rons vader trouwens ook niet, maar die was, zelfs in de vakantie, sowieso vaker in zijn eentje in het bos te vinden dan op de camping. Haar eigen vader had vaak gezegd dat hij zelfs voor een Drent stug was. Eva had vroeger nooit begrepen waar dat op sloeg, maar inmiddels wel. Het was trouwens wonderlijk dat zo’n zwijgzame man zo’n sociale zoon had gekregen.

‘Ja’, lachte Nienke toen Eva dat hardop zei. ‘Daar verbaas ik me ook weleens over. Ron zelf trouwens ook.’ Ze riep Beest en zei daarna: ‘Zullen we zo eens teruggaan? Het restaurant is al open en ik moet vanavond bijspringen, want we hebben een zieke medewerker.’ Ze stonden op een kruising en Nienke wees naar een pad links van hen. ‘Als we dat nemen, komen we weer achter de receptie uit.’

'Ja, tuurlijk.' Eva duwde de kinderwagen in die richting. Max was inmiddels in slaap gevallen. Ze hadden het nog even over de camping en de lange werkdagen van Nienke en Ron, en toen waren ze alweer terug. Op de kleine parkeerplaats voor de receptie stapte net een man uit een donkergroene 4x4.

'O kijk, daar zal je hem hebben', zei Nienke.

Eva herkende hem bijna niet. Pas toen ze twee keer keek, realiseerde ze zich dat het de vader van Ron was. Hij leek geen vijftien maar vijftig jaar ouder te zijn geworden, al had hij nog steeds dezelfde, wat priemende blik.

'Hallo meneer Hendriksen', zei ze, terwijl ze haar hand uitstak.

Ze zag een frons verschijnen in zijn toch al gerimpelde gezicht. Misschien was dat het gevolg van zoveel buiten zijn, al die rimpels.

'Kent u mij nog? Ik ben Eva van Riemsdijk.'

'Van Riemsdijk', herhaalde hij, terwijl hij pas na een paar seconden haar hand pakte en er even stevig in kneep. 'Aha.'

Eva had de indruk dat hij geen idee had wie ze was. 'Leuk u weer eens te zien', zei ze beleefd, waarna ze naar Nienke knikte en in de richting van hun huisje liep. De auto stond ernaast, Leon was al terug.

Hoofdstuk 9

HET HIELD NIET OP MET HET WARME WEER. BROEIERIG was het zelfs, al de hele dag. Nu Max helemaal was opgeknapt, kon Eva zich weer overgeven aan het relaxte vakantiegevoel. Ze was ook blij dat Leon niet meer op het gedoe over de afspraak met Ron was teruggekomen. Hij had zich eroverheen gezet en ze hadden het er niet meer over gehad.

Vanochtend hadden ze op het terras van het huisje gezeten en allebei een boek gelezen, terwijl Max zich vermaakte met zijn babygym. Eva had op haar tong moeten bijten om niks te zeggen. Na Max' slaapje waren ze naar het vennetje gelopen, waar ze onder de bomen een plek in de schaduw hadden gevonden. Max had het geweldig gevonden om liggend op zijn buik met zijn handjes in het zand te graaien. Hij was nooit eerder op het strand geweest, had

Eva zich tot haar eigen verwondering nu pas gerealiseerd.

'Zullen we zo gaan?' vroeg Leon, die op zijn buik op een strandlaken lag, zijn ogen dicht.

Eva zat rechtop en keek naar Max, die probeerde van zijn buik naar zijn rug te rollen. Sinds een week deed hij steeds meer pogingen daartoe, maar hij had de kracht nog niet om het daadwerkelijk voor elkaar te krijgen. Het leek hem niet te deren dat het niet lukte. Tussen zijn verwoede gehijg door begon hij af en toe zomaar te lachen, om het daarna nog een keer te proberen.

'Ja, dat is goed', zei Eva, zonder aanstalten te maken. De zon had haar al net zo sloom gemaakt. Het grote nadeel van vakantie met een kind, zo had ze de afgelopen dagen al meermaals vastgesteld, was dat het gesjouw met spullen zich niet beperkte tot de heen- en terugreis. Iedere keer als ze met Max ergens naartoe gingen, leek het wel een volksverhuizing.

'Ga jij vast inpakken?' vroeg Leon.

Eva gniffelde. 'Leuk geprobeerd, vriend. Sta jij maar als eerste op.'

'Oké, oké.' Leon zuchtte diep en drukte zichzelf toen omhoog. 'Het lijkt wel alsof wij de enige ouders zijn die hun halve huisraad hebben versleept. Hoe doen al die andere mensen dat?'

'Die andere mensen hebben oudere kinderen. Die vervoeren zichzelf hiernaartoe op hun fietsjes en hebben geen aparte tas voor alleen al hun flesjes, voeding en thermosfles met water.'

'En ze spelen in het vennetje', zei Leon knikkend. 'In plaats van op een speelkleed, met lawaaierig speelgoed waar ze na drie seconden op uitgekeken zijn.'

'Precies', zei Eva opgewekt, terwijl ze ook overeind kwam. 'Nog maar tien jaar, dan doet Max dat ook. Valt mee, toch?'

Leon trok een gezicht en plukte hun zoontje van het speelkleed. Even later hadden ze de spullen in drie tassen gestopt en duwde Leon de kinderwagen over het zand naar het bospad. Eva pakte nog net een plastic rammelaar mee, die half onder het zand was verdwenen, en daarna liepen ze terug naar de camping.

'Hier kunnen we wel naartoe gaan', zei Leon, toen ze het restaurant passeerden. Hij hield stil bij een bord, waarop het dagmenu stond aangekondigd.

'Frietjes met een hele kip', las Eva.

'Nee, ik bedoel wat eronder staat', wees Leon. 'Vanaf negen uur is er een kampvuur in de vuurkuil bij de ingang. Dat was vroeger ook vaak, weet je nog?'

'O ja.' Eva keek op. Er kwamen al meteen herinneringen terug. 'Maar we kunnen er niet heen, want Max moet slapen.'

'Hij kan toch wel in de wagen? Dat vindt hij helemaal niet erg.'

Eva aarzelde even, maar knikte uiteindelijk. Het leek haar toch wel erg leuk.

Een paar uur later stond Eva met een koeltas voor de ijskast. Zelf drankjes meenemen, had er op het bord gestaan, en nu twijfelde ze tussen bier en rosé. Ze vond beide lekker, maar besloot uiteindelijk dat een kampvuur meer een bieraangelegenheid was en ging voor het eerste.

Daar kreeg ze spijt van toen ze zich niet lang daarna bij het vuur hadden geïnstalleerd en ze de eerste slok nam. Ze had al wijn gedronken en het bier smaakte veel te bitter.

Ze moest moeite doen om het niet uit te spugen.

Leon moest lachen om het gezicht dat ze trok. 'Is er iets?'

'Ik geloof dat bier toch niet zo'n goede keuze was.'

'Zal ik de wijn even halen?'

Ze glimlachte, knikte en keek toe hoe hij wegliep. Daarna wierp ze een blik in de kinderwagen, die naast haar stond, ver genoeg bij het vuur vandaan. Max was diep in slaap.

'Bezwaar als we erbij komen zitten?' klonk een stem achter haar. Eva keek om. Doordat ze in een zitkuil zat, moest ze haar nek bijna verdraaien om te zien wie het was.

'O hé, hoi.' Ze schoof een stukje opzij en Nienke stapte op het houten bankje en daarna op de grond. Ze ging naast Eva zitten, en Ron weer naast haar.

Er waren minder mensen dan Eva had verwacht. Of misschien leek het alsof er weinig gasten waren omdat de zitkuil erg groot was, in elk geval groter dan in haar herinnering. Bij het opknappen waren bankjes langs de rand geplaatst en het vuur was niet, zoals vroeger, zomaar in het midden gemaakt, maar er was nu een fire ring.

'Dat leek ons wat veiliger', zei Ron, toen Eva er een opmerking over maakte. 'Het is een keer gebeurd dat het hout voor het vuur niet goed was opgestapeld en toen viel het alle kanten op en begon het gras te branden. Heel gevaarlijk.'

Eva keek naar de vlammen en trok onbewust haar voeten onder zich.

'Lekkere dag gehad?' veranderde Nienke toen van onderwerp. 'Ik zag jullie vanmiddag bij het vennetje.'

'Ja, klopt. Het was Max' eerste keer op het strand.' Eva grinnikte even. 'Hij vond het geweldig, al dat zand.'

Nienke strekte haar nek uit en keek langs Eva. 'Slaapt hij?' vroeg ze met een hoofdbeweging in de richting van de kinderwagen.

Eva knikte. 'Ik vind het alleen niet fijn als hij uit het zicht is, daarom hebben we de wagen hier neergezet.' Ze maakte een gebaar naar de zitkuil. 'Jullie hebben dit prachtig aangelegd, trouwens. Vroeger zat je gewoon op de koude grond.'

Ron grijnsde. 'Dat had ook wel wat, toch?'

'Behalve als je aan het einde van de avond je billen niet meer voelde en je hele broek nat was.'

Hij knikte. 'Ja, dat was het nadeel. We vonden dat een camping een goed kampvuur hoort te hebben, dus hebben we dit laten aanleggen. Soms neemt een gast een gitaar mee, dat is helemaal geweldig.'

Vanavond was het stil bij het kampvuur, op het geknetter van de vlammen en de zachte stemmen van andere gasten na. Leon kwam terug met een fles witte wijn en een glas.

'O sorry,' zei hij toen hij Ron en Nienke zag, 'als ik had geweten dat jullie er waren, had ik meer drankjes en glazen meegenomen.'

'Geen probleem', zei Ron. Hij legde zijn hand op een koeltas naast hem. 'We hebben een voorraadje.'

Nienke en hij maakten allebei een flesje bier open, Leon schonk Eva in en daarna proostten ze op niets in het bijzonder. Leon stond op en ging naast Ron zitten, waarna ze al snel geanimeerd in gesprek waren. Nienke leek vanavond een beetje zwijgzaam. Eva keek haar een paar keer van opzij aan, maar ze staarde naar de vlammen en was in gedachten verzonken.

'Drukke dag gehad?' vroeg Eva uiteindelijk.

Nienke keek opzij, een beetje verwonderd, alsof ze Eva niet op die plek had verwacht. Toen knipperde ze een paar keer en knikte. 'Ja, inderdaad, heel erg druk. Ik ben vanavond niet de gezelligste, geloof ik. Sorry.'

'Geen probleem', wuifde Eva haar opmerking weg. 'Ik kan me voorstellen dat je even moet uitpuffen. Zo'n kampvuur is wel een fijne plek daarvoor.'

'Dat zeker.' Weer viel er een stilte tussen hen. Eva keek ook naar de vlammen. 'Wel grappig om gisteren Rons vader na al die jaren weer te zien', sneed ze toen een nieuw onderwerp aan. 'Ik kan niet zeggen dat hij niks is veranderd.'

'Hij is oud geworden, hè?'

Eva knikte. 'Hoe oud is hij nu?'

Nienke trok met haar mond. 'Ik weet het niet eens precies. Een jaar of zestig?'

'Zo ziet hij er niet uit. Maar wat wil je als iemand altijd buiten is.'

'Ja.' Nienke knikte en keek weer naar het vuur. 'Hij heeft er heel wat kilometers op zitten in het bos.'

Ergens hoog boven hen klonk de roep van een vogel. Eva keek omhoog, maar kon natuurlijk niks zien in de donkere boomtop.

'Een uil', zei Nienke, die haar gedachten raadde. 'Er zitten er een aantal in de omgeving.'

'Dat je dat zo kunt horen.'

Nienke haalde haar schouders op. 'Ervaring. En ik moest van mijn ouders vroeger altijd mee met de avondwandelingen met de boswachter. Daar heb ik ook veel dierengeluiden geleerd.'

'Wat voor wandelingen waren dat dan?'

Nienke keek opzij. 'Ken je die niet? Dan ging de boswachter – Rons vader dus – met een groepje kinderen en volwassenen net na de schemering op pad voor een wandeling van een uur, soms zelfs langer. Hij gaf dan uitleg over dierensporen en -geluiden.'

'Ik wist helemaal niet dat die wandelingen bestonden', zei Eva. 'Het klinkt leuk.'

Nienke knikte half. 'Ja, dat was het ook wel. Al vond ik het ook eng, 's avonds in dat donkere bos. Het leek soms alsof er achter elke boom een enge man stond.' Ze schudde haar hoofd. 'Er waren vaak ook mensen in de groep die het leuk vonden om de rest bang te maken. Ik weet nog dat ik me een keer het apezuur ben geschrokken omdat een wat oudere jongere vooruit was gelopen en ineens op mijn rug sprong vanachter een boom. Daar heb ik een week slecht van geslapen.'

'Maar dat is ook gemeen.'

'En het was maar een paar dagen na de verdwijning van dat meisje, die Saskia. Eigenlijk wilde ik toen sowieso niet mee met die wandeling, maar mijn ouders zagen niet in waarom we niet zouden gaan.' Ze huiverde bij de herinnering. 'Ik was elk moment bang dat we vermoord zouden worden.'

Eva trok haar wenkbrauwen op. 'Ik durfde die hele vakantie amper nog in het bos te komen, laat staan 's avonds.'

'Tja.' Nienke knikte een beetje. 'Ik ook. Maar mijn ouders zeiden dat er niks kon gebeuren omdat we met een groep waren.'

Eva nam een slok wijn, schonk zichzelf bij en nam toen nog een slok. Nienke maakte een nieuw flesje bier open.

Eva staarde in de vlammen en greep het gespreksonderwerp aan. 'Ongelooflijk eigenlijk dat zij nooit is gevonden, hè?'

'Ja.' Nienke nam een slok, liet die even rondgaan in haar mond en slikte hem toen hoorbaar door. Daarna bleef ze voor zich uit zitten staren. Eva begon al te denken dat ze iets verkeerds had gezegd, toen Nienke toch nog haar mond opendeed.

'Ik heb nog vaak aan haar gedacht', zei ze toen. 'Ook de jaren daarna, toen we gewoon weer in het bos speelden. Ik heb altijd het gevoel gehouden dat wij het ook hadden kunnen zijn. Dat het niets anders dan een speling van het lot is geweest dat wij hier nog zitten en zij niet.'

Eva liet die woorden op zich inwerken. Zo had ze het nooit bekeken en eerlijk gezegd vond ze de gedachte ook wat zwaar. 'Maar dan ga je ervan uit dat zij een willekeurig gekozen slachtoffer is. En dat het dus inderdaad om een misdaad gaat.'

'Denk jij van niet dan?' Nienke keek opzij. De oranje gloed van de vlammen belichtte haar gezicht van één kant. De andere helft was helemaal donker.

Eva haalde haar schouders op. 'Een misdaad is natuurlijk de meest logische verklaring, maar het blijft vreemd dat er nooit een aanwijzing is gevonden.'

Nienke schokschouderde. 'Het bos is groot, veel te groot om helemaal uit te kammen.'

'Dat is waar.' Eva liet haar blik ronddwalen. De aanblik van de donkere bomen bezorgde haar een unheimisch gevoel.

Ze nam nog een slok en likte een druppel weg van haar onderlip. 'Weet je wat raar is?' zei ze toen in een opwelling.

'Ik denk soms dat ik me iets herinner.'

Nienke blikte opzij. 'Hoe bedoel je?'

Er was iets scherps in haar blik. Eva schudde haar hoofd en had al spijt van haar opmerking. Ze moest dit soort dingen helemaal niet zeggen. 'Ach nee, het is niks', zwakte ze haar eigen woorden af. 'Het komt door al die verhalen die er destijds over werden verteld. Ik denk dat ik me daardoor dingen in mijn hoofd heb gehaald.'

'Maar wat is je herinnering dan?'

Eva sloeg haar blik neer. 'Je verklaart me vast voor gek, maar soms denk ik dat ik iemand heb gezien in het bos. Bij het vennetje.'

'Echt waar?' Er kwam iets van sensatie in Nienkes stem. 'Wanneer dan?'

Eva schokte met haar schouders. Ze kon beter niet te veel meer zeggen, zeker niet de vreemde hersenspinsels die ze eerder met Leon had gedeeld. 'Dat weet ik niet precies. Weet je, eigenlijk denk ik dat ik het gewoon heb verzonnen.' Ze nam nog een slok wijn, al voelde ze zich al een beetje aangeschoten. 'Weet je nog dat in die tijd de wildste verhalen de ronde deden? Ik denk dat mijn fantasie daardoor op hol is geslagen.'

'Heb je het tegen de politie gezegd?'

'Nee, joh.' Eva kneep haar ogen samen en keek naar het vuur. 'Ik heb destijds één gesprek met de politie gehad en toen wist ik eigenlijk niks te vertellen. Ik had niks gezien, ik kende Saskia ook helemaal niet zo goed.'

'Maar die herinnering...'

Eva wuifde het begin van die zin weg. 'Die herinnering is pas veel later gekomen, en alleen al daarom lijkt die me volkomen onbetrouwbaar. Het zal wel iets zijn wat ik ooit heb gezien en ten onrechte aan die zaak heb gelinkt.' Ze draaide haar glas rond en schudde uiteindelijk haar hoofd. 'Het blijft gewoon een verschrikkelijke zaak, maar dat hebben we al zo vaak gezegd.'

Nienke haalde diep adem. Beiden deden ze er het zwijgen toe. Eva was blij dat Nienke niet doorging over wat ze net had verteld. Ze had haar mond moeten houden en geen dingen verspreiden die nergens op gebaseerd waren. Ook al was de zaak al jaren een cold case, in deze omgeving was het destijds een enorm issue geweest. Straks kwamen er nog vreemde praatjes in de wereld omdat Eva zich iets in haar hoofd had gehaald.

Ze nam de laatste slok van haar wijn. 'Ik denk dat we zo maar eens teruggaan. Max was vannacht weer twee keer wakker, ik wilde het vanavond niet zo laat maken.'

Nienke knikte een beetje. 'Dat lijkt me zwaar, elke nacht eruit.'

'Op vakantie valt het best mee. Eerlijk gezegd heb ik vanmiddag op het strand zelfs even geslapen. Twintig minuten, maar zo'n powernap doet wonderen.' Ze grijnsde. 'Dat gaat op kantoor toch wat lastiger.'

Eva keek langs Nienke heen naar Leon, die nog met Ron in gesprek was. Ze ving zijn blik en gebaarde met haar ogen dat ze terug wilde naar het huisje. Leon knikte.

Even later stonden ze klaar om te gaan. Nienke en Ron waren ook opgestaan. 'Wij gaan ook slapen', zei Ron. Hij keek even op zijn horloge. 'Morgenochtend om halfzes gaat de wekker weer.'

'Dat is vroeg, en...' Leon wilde die zin afmaken, maar er kwam een campinggast naar hen toe, die bij Ron begon te klagen over een verstopte afvoer in de stacaravan waar hij verbleef. Hij was geïrriteerd omdat hij er al eerder melding van had gemaakt, maar het euvel nog niet was opgelost. En ook omdat hij nu in het toiletgebouw had moeten douchen, waar het slot van het hokje niet goed functioneerde zodat er ook nog iemand het hokje binnen was gekomen terwijl hij stond te douchen. Eva moest er eigenlijk wel om grinniken, maar dat deed ze maar niet. Ze keek naar Leon die naast haar stond en zag dat hij het ook geestig vond. Ron putte zich intussen uit in excuses en beloofde dat er morgenochtend meteen iemand zou komen om de afvoer te ontstoppen, maar dat vond de man niet snel genoeg.

'Ho, kijk uit!' riep een vrouw achter hen. 'De wagen! Pak die wagen!'

Met een ruk draaide Eva zich om. Het kostte haar een seconde om te zien wat er gebeurde en toen nog een om in beweging te komen. Een jonge vrouw was sneller en gaf een duw tegen de kinderwagen. Eva greep de stang en trok er zo hard aan, dat ze zelf bijna omviel. Haar hart knalde tegen de binnenkant van haar ribben.

'Zo, dat ging net goed', zei de vrouw, ook geschrokken.

Eva kon nog even niks uitbrengen, naast haar hoorde ze Leon vloeken. 'Wat gebeurde er?'

'De wagen begon ineens richting het vuur te rijden', antwoordde de vrouw. 'Jeetje, ik sta helemaal te trillen, ik schrok me rot.'

Eva begon langzaam te beseffen wat er was gebeurd. Ze keek naar Leon, en toen terug naar de wagen. 'Hoe kan dat nou?' vroeg ze met trillende stem. 'We stonden er allemaal naast? Jij had hem toch vast?' Dat laatste was voor Leon bedoeld. Ze praatte hard, bijna schreeuwend. 'Je had je hand toch op de stang?'

Leon haalde diep adem en schudde zijn hoofd. 'Nee, maar de wagen stond stil. Ik pakte alleen net even iets uit de bak onderin, maar...' Hij fronste, keek naar Eva en fronste opnieuw. 'Ik snap er niks van, het loopt hier niet eens af.'

'Let dan ook op', zei Eva boos. 'Er is hier een vuur en...'

'Je staat er zelf praktisch naast', antwoordde Leon. 'Je had hem ook vast kunnen houden.'

'Ja, maar jij...' Ze maakte haar zin niet af, maar haalde diep adem. 'Jezus', vloekte ze toen. 'Hij had wel in brand kunnen vliegen.'

'Gelukkig is het goed gegaan', zei Ron verzoenend.

'Ja.' Eva knikte. Ze was nog helemaal niet gekalmeerd, maar beet op haar lip om zich in te houden. 'Laten we maar gaan.'

Ze liet de kinderwagen geen seconde meer los, terwijl Leon wat spullen onderin legde. Daarna tilden ze de wagen samen uit de zitkuil, zeiden Nienke en Ron gedag en liepen over de stille camping naar het huisje. Het pad was schaars verlicht met lage lampen aan weerszijden ervan. In de bomen kraste nog steeds de uil.

'Wat ging er nou mis?' vroeg Eva, nog steeds niet echt bekomen van de schrik. 'Jij zou de wagen toch vasthouden?'

Leon staarde voor zich uit, schudde toen kort met zijn hoofd en keek haar aan. 'De wagen stond gewoon stil. We hebben hem de hele avond niet vastgehouden.'

'Omdat ik er de hele tijd zicht op had. Maar toen we ons omdraaiden, zag ik dat jij hem vasthad. Dus hoefde ik dat niet te doen.'

'Ik begrijp gewoon niet dat hij ineens in beweging kwam. Het loopt niet eens af richting het vuur.'

'Misschien heb je er per ongeluk tegenaan geduwd.'

Hij keek opzij. 'Of jij.'

Eva schudde haar hoofd, maar deed er verder het zwijgen toe. Tegen de tijd dat ze bij het huisje waren, was haar hartslag gedaald tot een normaal niveau. Ze dwong zichzelf niet te denken aan wat er had kunnen gebeuren. Het was goed gegaan. Ergens in haar bleef een vreemd gevoel hangen, maar ze schudde haar hoofd en besloot het te negeren.

Hoofdstuk 10

'Fijn dat jullie het zo naar je zin hebben. De camping blijft een heerlijke plek.'

Eva strekte haar benen uit op de ligstoel en draaide haar gezicht naar de zon. 'Ja, het is echt fijn. Jammer dat jullie niet kunnen dit jaar.'

Ze hoorde haar moeder een diepe zucht slaken. 'Nou, inderdaad. Maar het is goed dat we niet gegaan zijn, want je vader kan nog steeds amper lopen. En hij heeft de hele tijd ruzie met zijn krukken.'

'Niks voor hem om stil te zitten', zei Eva. Haar vader was juist altijd bezig.

Ze kon haar moeders gezicht bijna voor zich zien toen die zei: 'Hij wordt er ook niet gezelliger op. Ik zal blij zijn als hij weer in de tuin kan. Vindt Leon het ook leuk om weer op de camping te zijn?' veranderde ze toen van onderwerp.

'Ja hoor, heerlijk', zei Eva. 'Toen hij er eenmaal overheen was dat het geen Spanje is én toen de eerste regendagen voorbij waren.'

'Het is voor jullie natuurlijk wel heel leuk om Ron en Nienke te zien. Jullie hebben vast heel veel bij te praten.'

'Ja, zeker. We hebben al een paar keer samen geborreld.'

'En gelukkig is het jaren geleden en kwam alles goed', zei haar moeder half lachend. 'Ik neem tenminste aan dat Ron er inmiddels wel overheen is.'

Eva fronste. 'Waar heb je het over?'

'Dat hij eigenlijk verliefd was op jou.'

'Welnee.' Ze grinnikte. 'Doe normaal, mam.'

'Nee, echt.' Haar moeder lachte ook. 'Als je het mij vraagt was zowel Ron als Leon verliefd op jou. Jij had alleen maar oog voor Leon, ik denk dat je het daarom niet hebt gemerkt. Leons moeder zag het ook, hoor. We hebben het er nog weleens over gehad. Ron liep als een hondje achter je aan.'

Eva trok haar wenkbrauwen op. 'Echt niet, mam. Ron was hartstikke verliefd op Nienke, al die tijd al. Die heeft echt nooit naar mij omgekeken.'

'Nou, dat weet ik nog zo net niet.'

Glimlachend hing Eva even later op. Haar moeder was in al die jaren geen spat veranderd. Ze was dol op dit soort verhalen en had Eva en Maaike destijds al aan zo'n beetje alle jongens van de camping gelinkt. Gelukkig had Eva inmiddels geleerd haar analyses altijd met een flinke korrel zout te nemen.

'Hier.' Leon was naar buiten gekomen met twee glazen en een fles rosé in de wijnkoeler. Eva pakte het hare dankbaar aan, al knaagde er ergens iets van schuldgevoel. Ze waren hier nu acht dagen en geen van die dagen had ze zonder wijn doorgebracht.

'Het is vakantie', zei Leon schouderophalend toen ze er een opmerking over maakte. 'Zolang we deze gewoonte thuis niet doorzetten...'

'Joehoe! Leon? Eva?' Op hetzelfde moment als de stem klonk, klonken ook voetstappen aan de zijkant van het huisje. Ron stak zijn hoofd om de hoek van het huisje. 'Sorry dat ik stoor.'

'Geen probleem', zei Eva. Ze hield haar glas omhoog. 'Wijntje?'

'Nee, nee, ik ben aan het werk. Ik wilde jullie even waarschuwen voor de storm.'

Eva trok haar wenkbrauwen op en keek naar de strakblauwe lucht. Zelfs nu, laat in de middag, leek de zon nog op felle kracht te schijnen. 'Storm?'

'Ja, zoals gewoonlijk kan een beetje mooi weer in dit land niet ongestraft blijven. Er wordt voor vanavond en vannacht een echte zomerstorm verwacht, met onweer, wind en veel regen. Omdat niet iedereen het weerbericht of het nieuws in de gaten houdt, loop ik even langs.' Hij keek om zich heen. 'Jullie zullen er niet veel hinder van ondervinden denk ik, maar sommige mensen hebben een luifel opgezet bij hun huisje, of een losse tent.'

'Nou, bedankt voor de waarschuwing', zei Leon. 'Dat wordt binnen zitten vanavond.'

'Vanaf een uur of acht, volgens de voorspelling.'

'We houden er rekening mee.' Eva keek Ron aan. 'Bedankt dat je het even komt melden, ik had het nog niet gezien.'

'Geen probleem.' Ron keek terug en glimlachte. 'Fijne avond, ondanks de regen!'

Hij liep weg en Leon pakte zijn telefoon. 'Goh, inderdaad. Het KNMI heeft zelfs code oranje afgekondigd in Groningen, Friesland en Drenthe.'

'Dat je dat nog niet had gezien, als telefoonverslaafde', zei Eva plagend. 'Je bent jezelf niet meer.'

Leon leunde ontspannen achterover. 'De vakantiemodus heeft me eindelijk in z'n greep.' Hij pakte de fles. 'Jij nog?'

Eva grinnikte en hield haar volle glas omhoog. 'Zo erg is het nou ook weer niet met me.'

Een paar uur later bleek dat het KNMI niets te veel had gezegd. De donkere wolken kwamen als een front aangedreven. Leon en Eva stonden buiten, omdat het zo'n fascinerend gezicht was. Bijna gelijktijdig stak de wind op en in de loop van nog geen kwartier daalde de temperatuur vijf graden. Zelfs de vogels leken een veilig heenkomen te zoeken. Het ene moment was de lucht nog vol van het gekwetter, het volgende moment was het stil, op het boze geruis van de boomtoppen na. Toen het begon te regenen was het met dikke druppels tegelijk, die hoorbaar op de bosgrond vielen.

Eva zocht dekking onder de veranda. Ze ging zitten met haar theeglas in haar hand. 'Weet je nog dat je vroeger in de zomer overvallen kon worden door zo'n bui? De buienradar bestond nog niet, dus niemand zag dat de regen eraan kwam.'

Leon glimlachte. 'En naar Erwin Kroll keek je ook maar één keer per dag. Mijn ouders moesten dan ineens rennen om de kussens van de tuinstoelen droog naar binnen te krijgen. Toch had dat ook wel wat.'

'Zegt degene die bijna vergroeid is met zijn telefoon', lachte Eva.

Het begon nog harder te regenen. De wind rukte aan de bomen. In no time was het vrijwel donker geworden. Eva huiverde even in haar dunne shirtje. 'Ik ga naar binnen.'

Net toen ze opstond, schoot de eerste bliksemschicht door de lucht, een paar tellen later gevolgd door een oorverdovende klap. Eva kromp een beetje ineen. Ze was nooit heel dol geweest op onweer. Voordat ze haar mond open kon doen om iets te zeggen, werd de hemel al verlicht door een tweede bliksem. Deze keer zat er geen tijd tussen het licht en de donder.

'Kom mee', zei Eva en ze stapte snel naar binnen. Leon volgde haar en Eva trok de deur met een klap dicht. Daarna ging ze voor het keukenraam staan en keek naar de bliksemschichten die elkaar in hoog tempo bleven opvolgen. De regen striemde tegen de ruiten en de kleine boompjes aan weerszijden van het pad lagen bijna horizontaal in de wind.

'Wat gaat het tekeer', zei ze met iets van ontzag in haar stem.

'Het was de laatste dagen ook wel erg broeierig, dus dit kon niet uitblijven.' Leon was met zijn telefoon op de bank gaan zitten. 'Morgenochtend is het alweer mooi, volgens het weerbericht. Dan is het misschien ook wat minder drukkend warm.'

'Ik dacht dat jij zo hield van die hitte', zei Eva plagend. 'In Spanje is het nog wel een beetje warmer.'

'Je hebt gelijk. Laten we volgend jaar naar Scandinavië gaan.'

Eva deed alsof ze rilde. 'Behalve voor een tocht naar

Lapland zal je mij daar echt niet vinden. Ik heb nooit begrepen waarom mensen in de zomer in de kou willen zitten.'

'Het schijnt er prachtig te zijn. Je kunt er geweldige wandelingen maken.'

Eva trok een rimpel tussen haar wenkbrauwen. 'Je houdt niet van wandelen.'

'Misschien later wel, als we oud zijn. Jouw ouders gingen vorig jaar ook ineens het Pieterpad lopen.'

Eva glimlachte even. 'Wie weet.' Ze liep naar het halletje en luisterde even onderaan de trap, maar Max was niet wakker geworden van de luide onweersknallen. Terug in de kamer pakte ze het boek dat ze aan het lezen was en nestelde zich op de bank. De wind bleef maar om het huisje huilen. Eva had de neiging een deken over zich heen te trekken, ook al was het helemaal niet koud. Ze keek even naar Leon, die zich eveneens met een boek naast haar had geïnstalleerd. Eigenlijk was het wel knus zo, met de regendruppels die tegen de ruiten sloegen. Ze sloeg haar boek open, kroop tegen Leon aan en begon toen te lezen.

Ze werd wakker van de stilte. Even liet ze zich mee terugvoeren door de slaap, toen begon haar onderbewuste de overhand te krijgen en gingen haar ogen weer open. Ze pakte haar telefoon en keek naar de tijd. Tien over halfnegen. En Max lag nog te slapen.

Meteen zat Eva rechtop in bed. Vannacht om twee uur, toen de storm nog in alle hevigheid raasde, was ze eruit geweest om een flesje klaar te maken. Sindsdien had ze hem niet meer gehoord. Dat betekende dat Max bijna zeven uur achterelkaar had geslapen, en dat was een nieuw record. Hoewel ze de bekende bezorgdheid voelde die ze altijd had als Max lang sliep, ging ze toch nog even liggen. Het was ook prettig wakker worden zonder dat er meteen iemand huilde. Heel even blijven liggen en bijkomen was een luxe die ze niet vaak had.

Na een paar minuten stond ze toch op. Het bed kraakte en Leon werd half wakker. 'Het is al halfnegen geweest', fluisterde ze. 'Max heeft mega-lang geslapen.'

'Wat goed', zei Leon lodderig, waarna hij zich omdraaide en zijn ogen weer dichtdeed. Omdat ze nog zo lekker hadden zitten lezen waren ze gisteravond laat gaan slapen, maar anders dan Leon was Eva helemaal niet moe. Al die uren ononderbroken slaap maakten juist dat ze zich als herboren voelde.

Ze luisterde even aan Max' deur, maar ze hoorde nog niet eens de geluidjes die hij maakte als hij net wakker was. Dan moest hij echt moe zijn geweest. Zo vreemd was dat niet: ze waren gisteren naar het strandje geweest en hij had tussen de middag niet zoveel geslapen. Gisteravond was hij ook als een blok in slaap gevallen en van de storm had hij niks meegekregen.

Zachtjes deed ze de deur open, zodat Max niet wakker zou schrikken. Het raam stond open en de door de storm opgefriste lucht vulde de ruimte. Het rook naar bos en regen en... Het volgende moment bleef Eva stokstijf staan. Haar blik werd naar het raam getrokken, waar het gordijn een beetje heen en weer bewoog in de wind. Ze had het raam helemaal niet opengezet.

Meteen schoot haar blik naar het bedje. Het was of alles zich plotseling vertraagd afspeelde, alsof er extra effect aan een film werd gegeven. Ze zag het lakentje, Max' knuffelkonijn, de hydrofieldoek aan het hoofdeinde.

Het bedje was leeg. Eva voelde het bloed wegtrekken uit haar gezicht. Ze wankelde en moest zich vasthouden aan de deur. Ze trok het laken aan de kant, keek weer naar het raam alsof Max daar zomaar uit gevlogen zou kunnen zijn en was toen met twee stappen terug in de slaapkamer.

'Heb jij Max vannacht gepakt?' vroeg ze met overslaande stem. Haar hart bonkte als een gek.

Leon was weer ingedommeld en reageerde traag. Te traag. Eva dook over hem heen en rammelde aan zijn schouder. 'Is Max hier?'

'Wat... Ik...' Leon deed zijn ogen open en draaide op zijn rug. 'Wat is er aan de hand?' Hij vroeg het eerder geërgerd dan bezorgd. 'Jemig Eva, doe even rustig.'

'Max is weg.' Eva had het laken aan de kant getrokken en liep nu om het bed heen. 'Waar is hij? Heb jij hem?'

'Natuurlijk heb ik hem niet.' Leon ging nu rechtop zitten. 'Hij is gewoon in zijn bedje.'

'Daar is hij niet.' Eva rende terug naar de babykamer, keek opnieuw in het bedje en ook in het eenpersoonsbed dat tegen de muur stond. Ze dook eronder, trok de kast open en stormde toen door naar de badkamer en beneden. Bij Leon was inmiddels het alarm afgegaan en hij roffelde achter haar aan de trap af.

'Waar is hij?'

'Dat weet ik niet!' Eva schreeuwde en hijgde tegelijk. 'Hij ligt niet in zijn bed. Ik heb hem vannacht een fles gegeven en toen was hij er nog gewoon. Net ging ik kijken en...' Ze kneep haar ogen dicht en sperde ze meteen weer open. 'Hij kan toch niet weg zijn?'

'Natuurlijk kan hij niet weg zijn, hij kan helemaal niet lopen.'

Eva rukte de achterdeur open en rende op haar blote voeten naar buiten. Ze kon niet meer nadenken en holde om het huisje heen. Ze voelde de pijn van steentjes onder haar blote voeten niet eens. Toen ze weer binnen was, rende ze door naar boven. Bij het openstaande raam van de babykamer bleef ze staan.

'Ik heb dit niet opengezet', hijgde ze tegen Leon, die achter haar stond. 'Vannacht was het dicht en vanochtend...'

'Het kan opengewaaid zijn.'

'Maar Max is er toch niet uit gewaaid?' Eva draaide zich om. Er zat een waas voor haar ogen, ze zag niet scherp, ze kon niet nadenken. Het enige wat ze hoorde was het luide gebonk van haar hart en het bloed dat in hoog tempo door haar aderen joeg. Het gesuis in haar oren overstemde Leon. Eva keek naar hem op. Hij praatte harder. 'Er moet een verklaring zijn.'

Eva wachtte niet af wat hij te zeggen had, maar haastte zich naar de slaapkamer. Daar schoot ze in een rok en een T-shirt. Naast het bed vond ze haar slippers, die ze verkeerd om aantrok, waardoor ze boven aan de trap bijna struikelde. Ze hervond haar evenwicht, gunde zichzelf een paar seconden om haar slippers goed aan te trekken en rende toen de trap af. In de woonkamer bleef ze staan en keek verwilderd om zich heen. Leon stond voor haar en pakte haar armen stevig vast. 'Er moet een verklaring zijn', herhaalde hij. 'Hij kan niet lopen, hij is niet zomaar weggegaan.'

'Iemand heeft hem meegenomen!'

Leon kneep zijn ogen samen, alsof die mogelijkheid nu pas bij hem opkwam. 'Wie dan?'

'Weet ik veel!' Eva's ogen schoten van links naar rechts.

'Een ontvoerder, een dief, ik weet het niet.' Haar stem brak, maar de tranen bleven steken in haar keel. Ze kon niet huilen, ze moest handelen. Zoeken.

'Misschien is er vannacht iets gebeurd en heeft iemand hem daarom meegenomen', zei Leon. Aan de blik in zijn ogen was te zien dat ook hij niet meer helder kon nadenken.

Eva schudde wild met haar hoofd. 'Zonder ons wakker te maken?'

'Ik weet het niet. Misschien iets met de storm. Het onweer. De bliksem!' Hij schreeuwde dat laatste woord bijna. 'Misschien is de bliksem ingeslagen en heeft iemand Max in veiligheid gebracht.'

Opnieuw schudde Eva haar hoofd. 'Dan zouden ze ons toch hebben geroepen, Leon. Het is niet logisch. Iemand heeft hem...' Ze slikte en beet zo hard op haar lip dat het begon te bloeden. 'Iemand moet hem meegenomen hebben. Iemand die...' Ze zocht hard, maar er kwam geen enkele verklaring in haar op. Even sloot ze haar ogen, toen rukte ze zich los van Leon. 'We moeten gaan. Naar buiten. De receptie. De politie.' Het lukte haar niet om een logische zin te formuleren uit de losse flodders die door haar hoofd schoten. In plaats daarvan begon ze weer te rennen, naar buiten, het pad af. Leon kwam achter haar aan en haalde haar in. Hij had zijn telefoon in zijn hand, maar belde niemand. Het alarmnummer was het enige wat Eva kon verzinnen, maar ergens voelde dat volkomen onlogisch. Alsof hun dit niet kon overkomen. Alsof dat niet mocht.

Er waren gasten bij de receptie, die verwonderd omkeken toen Eva de deur openrukte. Nienke stond achter de balie. Meteen ging haar blik van vriendelijk naar verbaasd. 'Wat is er?'

'Max...' Eva hijgde. 'Hij is weg, hij...' Ze probeerde te formuleren wat ze wilde zeggen, maar het ging niet. Leon nam het over.

'Het bedje van Max was vanochtend leeg. Eva ging kijken en...' Hij slikte. 'Hij is er niet.'

'Maar hij is nog een baby', zei Nienke niet-begrijpend. 'Hij kan toch niet weglopen.'

'Heb jij...' Eva maakte een machteloos armgebaar. 'Ik dacht: met de storm... Misschien is de bliksem ingeslagen en heeft iemand Max uit ons huisje gehaald.' Vaag realiseerde ze zich dat ze raaskalde. Natuurlijk was dat niet gebeurd.

Nienke schudde haar hoofd en leek niet zo goed te weten wat ze moest zeggen. 'Nee, ik...' Ze knipperde. 'De bliksem is niet ingeslagen.'

'Nee.' Leon schudde zijn hoofd en liet zijn adem hoorbaar ontsnappen. Daarna keek hij Eva aan en leek ineens een beetje in elkaar te zakken. Zijn schouders gingen omlaag, hij liet zijn hoofd hangen. Eva voelde hetzelfde, alsof de adrenaline wegtrok en er een besef binnenkwam dat ze niet wilde toelaten.

'Ik ga de politie bellen', zei Leon, zo zacht dat Eva het bijna niet kon verstaan. Ze slikte even, keek naar de grond en knikte toen. Gek genoeg voelde ze zich ineens doodkalm. Alsof ze in het oog van de orkaan was beland. Om haar heen raasde het, maar zij zag alles scherp. Ze zag scherp hoe Leon in zijn broekzak reikte en zijn telefoon pakte. Hoe zijn vinger trilde toen hij het scherm ontgrendelde en hoe hij even aarzelde voordat hij het nummer intoetste. Ze likte aan haar droge lippen toen hij zijn telefoon naar zijn oor bracht. Zijn stem leek vertraagd binnen te komen en haar oren deden pijn toen zijn woorden doordrongen.

Had ze net nog het gevoel gehad dat ze in het oog van een orkaan zat, nu voelde het juist alsof diezelfde orkaan in alle hevigheid over haar heen kwam. Ze wankelde. Leon sloeg zijn arm om haar schouders om haar steun te geven, of om zelf steun te zoeken.

'Ze komen eraan', zei hij, tegen haar en over haar hoofd heen tegen Nienke.

Eva knikte wild. Natuurlijk kwamen ze eraan, en tegelijkertijd zorgde de mededeling voor een nieuwe schok. Alsof het feit dat de politie meteen reageerde het nog echter maakte. Of misschien was het telefoontje alleen al genoeg om haar nog meer het besef te geven dat haar zoontje gewoon verdwenen was. Verdwenen. Ze voelde een golf van misselijkheid bij dat woord. Haar maag kromp samen en daarmee haar hele middenrif. Ze drukte haar vuisten tegen haar buik. Woorden die ze zelf niet kende bleven steken in haar keel.

'Ik snap het niet.' Nienke stond naast haar met een gezicht waar allerlei vragen op bestorven lagen. 'Hoe kan hij weg zijn? Ik bedoel: hij...' Ze schudde haar hoofd. 'Dat kan toch niet?'

Eva schudde haar hoofd en probeerde antwoord te geven, maar dat lukte niet.

Ze waren er snel. Twee agenten in een auto, sirene loeiend op het dak. Eva rende naar buiten. Nu kwamen de woorden wel. Ze buitelden over elkaar heen haar mond uit, als een onsamenhangende brij van alles wat de politie meteen moest weten en doen. Een van de twee agenten, de oudste, de man, legde zijn hand op haar arm en leidde haar naar binnen, terug naar de receptie. Er kwamen mensen aangelopen die op een afstandje bleven toekijken.

'We moeten naar het huisje', zei Leon, nerveus in zijn handen wrijvend. 'Daar is hij verdwenen. We hebben spullen aangeraakt, maar er zijn vast vingerafdrukken. Ze moeten binnengekomen zijn, gewoon over de trap naar boven. Of via het raam, het raam was open, maar u moet sporen zoeken en...'

De vrouwelijke agent had haar notitieblokje erbij gepakt. Ze krabbelde wat woorden neer, keek Eva scherp aan. 'Wat is uw naam?'

Eva spuugde haar gegevens bijna uit, en die van Leon en Max. Ze duwde het tweetal zowat naar het huisje. Er kwam nog een politieauto aan, twee mannen voegden zich bij hen. Eva herinnerde zich niet dat Leon de deur op slot had gedraaid, maar hij opende hem met de sleutel. Twee agenten liepen naar boven, twee bleven beneden. Leon volgde hen naar de achterdeur, Eva liep de trap op. Ze hoorde een van de agenten beneden aan Leon een foto vragen.

Boven wees ze naar de deur die openstond. Haar stem trilde. 'Dit is zijn kamer.'

De agenten vulden de ruimte bijna helemaal op met hun aanwezigheid. Ze keken rond. Een van hen tilde het lakentje van het campingbed op, alsof Max er nog onder zou kunnen liggen. Eva stond trillend in de deuropening, haar blik strak op hun gezichten gericht. Ze zocht naar de geringste aanwijzing, het kleinste teken, iets waaruit ze kon opmaken wat de mannen zouden gaan zeggen. Ze wist eigenlijk niet eens precies wat ze wilde horen. Dat ze Max terug zouden brengen. Maar verder? Dat ze nog nooit zoiets hadden meegemaakt? Dat ze meteen met heel veel mensen aan de slag zouden gaan, een groot onderzoek zouden opstarten? Of dat dit heel vaak gebeurde en dat ze zich geen zorgen moest maken? Dat laatste zouden ze niet zeggen. Natuurlijk niet. Een baby verdween niet zomaar. Eva zuchtte diep en probeerde haar ademhaling onder controle te houden, maar die gedachte bracht de paniek in hevige vloedgolven terug.

Een van de twee agenten keek haar aan. 'Ik moet een paar dingen van u weten', zei hij tegen Eva. Hij kwam voor haar staan. Hij was fors, maar met een hogere, jongere stem dan je zou verwachten. Onder zijn grote wenkbrauwen gingen diepliggende, bruine ogen schuil waarmee hij haar aankeek met een mengeling van zorg en vriendelijkheid.

'U zei dat u uw zoontje vannacht nog een fles had gegeven. Hoe laat was dat?'

Eva moest nadenken. 'Rond twee uur', zei ze toen, aarzelend.

'Weet u het zeker?'

Ze schudde haar hoofd. 'Ik probeer niet te veel op de klok te kijken. Maar er staat zo'n digitale klok naast mijn bed en daar heb ik in een flits de tijd op gezien. Het was twee uur, of halfdrie.'

De man maakte een aantekening. 'En toen heeft u niks vreemds opgemerkt?'

Eva haalde diep adem en probeerde de paniek die rondraasde de baas te worden, om haar gedachten niet op hol te laten slaan. Ze moest nu juist kalm worden, de juiste dingen zeggen, de politie helpen. Voor Max.

Ze beet op haar lip. 'Nee, ik heb niks vreemds gezien. Ik weet wel heel zeker dat het raam dicht was. Max was een paar dagen geleden ziek en sindsdien heb ik elke avond het raam dichtgedaan, ook al was het warm. Ik wilde niet dat hij op de tocht zou liggen.'

De agent liet zijn pen boven het papier zweven. 'En vanochtend stond het open?'

Eva knikte. De man keek naar zijn collega, die op zijn beurt naar het raam liep. Hij haalde blauwe handschoentjes uit zijn broekzak. Eva onderdrukte een luide kreet tot een zacht geluidje dat achter uit haar keel leek te komen. Het kleine gebaar van de agent stond voor zoveel meer.

'Is er iets weg?' vroeg de andere man. 'Spullen van Max, misschien? Of van uzelf?'

Eva liep naar de kast en daarna naar Max' koffer die opengeslagen op het bed stond, en schudde haar hoofd. Zonder iets te zeggen liep ze door naar hun eigen slaapkamer, maar ook daar ontbrak niks. Naast haar bed stond haar handtas met haar portemonnee er gewoon in.

Met twee stappen stond ze weer in Max' kamer. 'Bent u meteen weer in slaap gevallen nadat u bij hem was geweest?' ging de agent verder.

'Ja, na een paar minuten. Ik heb niks gehoord, niks gezien, tot ik om tien over halfnegen wakker werd. Dat vond ik vreemd, want Max slaapt nooit zo lang uit. Ik ben naar zijn kamer gegaan en toen...' Ze maakte haar zin niet af, maar wees onbestemd naar de kamer. 'Toen heb ik meteen mijn vriend wakker gemaakt.'

De agent liet zijn pen boven zijn boekje zweven en keek Eva aan. 'Kunt u omschrijven hoe u de kamer aantrof? Elk detail kan van belang zijn, ook al lijkt het onbeduidend. Noemt u alles maar, zelfs al lijkt het te klein voor woorden.'

Eva sloot even haar ogen en rechtte haar rug. Met haar blik gericht op de andere agent, die voorzichtig het kozijn en het raam bekeek en daarna met samengeknepen ogen een blik naar buiten wierp, begon ze te vertellen. De agent hoefde niet eens te vragen om details, gek genoeg leek ze elke seconde scherp op haar netvlies te hebben. Ze begon te praten. Toen ze even haar ogen sloot, zag ze zelfs haar blote voeten op de blauwe vloerbedekking, net voordat ze de deur van Max' kamertje opende. Ze voelde weer de beklemming, die zich toen gek genoeg al in haar had genesteld, ook al wist ze nog niet dat Max weg was. Ze zag weer haar hand op de klink, hoorde het zachte kraken van de deur, voelde haar verwarring en meteen daarna haar angst. Bij het beeld van het lege bedje kneep haar maag zich samen.

Haar ogen vlogen open en ze keek de agent aan. 'Alstublieft,' zei ze zacht, 'hij moet zijn flesje hebben, en zijn speen en...' Ze veegde een traan weg die over haar wang naar beneden rolde. 'Breng hem alstublieft terug.'

De man sloeg even zijn blik neer en knikte. 'We gaan ons best doen.'

'Zei u dat Max slaapt met een speen?' De andere agent stond naast het campingbedje en keek Eva opmerkzaam aan. Ze knikte. Hij bukte, schoof het lakentje aan de kant en tilde het matrasje op. 'Er ligt hier geen speen.'

Zijn collega maakte een aantekening. Eva keek naar hem. De agenten mompelden een paar woorden naar elkaar, wisselden een blik en knikten toen. Degene met wie ze net had gepraat liep langs Eva heen de trap af, de ander kwam voor haar staan. Hij keek haar aan en praatte met een zachte, diepe stem.

'Mevrouw Van Riemsdijk, mijn collega loopt nu naar beneden om versterking op te roepen. Binnen tien minuten zullen mijn collega's van de recherche er zijn om het onderzoek over te nemen. Ook roepen we in dit stadium de technische recherche op om sporenonderzoek te doen en zullen er nog veel meer agenten komen om te assisteren bij het omgevingsonderzoek. U kunt ervan uitgaan dat we de verdwijning van uw zoontje heel serieus nemen en dat we er alles aan doen om hem te vinden.' Hij haalde een kaartje uit zijn broekzak. Eva keek ernaar. Wim Herder, stond erop. Hoofdagent.

'Het zal vanaf nu misschien hectisch zijn, met al die mensen en al die vragen die u kunt verwachten. Er komt een onderzoeksleider, maar u kunt mij ook op elk moment aanspreken. Mijn mobiele nummer staat op dit kaartje. Als ik niet in de buurt ben, kunt u mij bellen.' Hij raakte even haar arm aan. 'Ik begrijp dat u en uw vriend in de grootst mogelijke nachtmerrie zijn beland. We gaan er met man en macht aan werken om uw zoontje terug te vinden.'

Eva slikte. Ze knikte en schudde tegelijk met haar hoofd. Ze keek op naar de man. Haar stem trilde. 'Mag ik iets vragen?'

De man knikte.

'Heeft u zelf kinderen?' Haar stem klonk dun en zwak, maar ze moest het weten.

Hij werd zo te zien even overvallen door de vraag, maar herstelde zich en knikte. 'Twee.' Hij haalde diep adem. 'En een kleinzoon van vier maanden.' Een moment lang haakten hun blikken in elkaar. Eva zag de bezorgdheid in de zijne, er zat iets vaderlijks bij. Daarna schraapte hij zijn keel.

'We gaan nu naar beneden, mijn collega's gaan zo meteen de bovenverdieping helemaal onderzoeken en het is beter als we die niet voor de voeten lopen.'

Eva ging achter hem aan. Leon zat op de bank toen ze de kamer binnenkwam. Hij sprong op toen hij haar zag, sloeg zijn armen om haar heen en liet haar meteen weer los. 'Eef...' Zijn stem bulkte van paniek. 'We moeten iets verzinnen. Iemand verzinnen. Ik kan niet goed nadenken, maar er moet iemand zijn die Max...' Hij wierp zijn armen in de lucht in een wanhopig gebaar. 'Er is toch niemand die hem iets aan zou willen doen?'

Eva had Leon nog nooit zo gezien. Waar het haar nu op een of andere manier lukte om kalm te blijven, leek hij in niets op de praktische advocaat die hij in stresssituaties altijd was. Ze sloeg haar armen om zijn nek en zei: 'Leon, je moet kalmeren. Max heeft er niks aan als we nu in paniek raken. We moeten nadenken. Volgens de politie kan elk detail belangrijk zijn, we moeten ons alles herinneren wat we kunnen.' Ze legde haar voorhoofd tegen dat van hem en keek hem indringend aan. 'Alles wat je hebt gehoord of gezien, of zelfs maar denkt te hebben gezien. Alles.'

Haar woorden leken te helpen. Leon slikte een paar keer en herpakte zich. 'Je hebt gelijk', zei hij, zachter maar fermer. En toen nog een keer, als om zichzelf te overtuigen.

'De recherche komt eraan', vertelde Eva. 'En de technische recherche en nog veel meer agenten om onderzoek te doen. Ik probeer me alles te herinneren wat ik kan, maar ik heb gewoon niks raars opgemerkt.' Ze schudde even haar hoofd. 'Het stormde vannacht zo, ik denk dat ik daardoor ook niks heb gehoord.'

Leon kneep zijn ogen samen. 'Ik heb niks gemerkt totdat jij me vanochtend wakker maakte. Zelfs de storm is nadat ik in slaap was gevallen langs me heen gegaan.'

De vrouwelijke agent kwam op hen af. Eva liet Leon los. 'We zien op het eerste gezicht geen tekenen van braak op de achterdeur', zei ze. Haar stem had iets zakelijks. 'Hij was ook niet op slot toen wij hier in het huisje kwamen. Heeft u hem vanochtend gebruikt?'

Eva schudde haar hoofd. 'We zijn via de voordeur naar buiten gegaan. Die was wel op slot.'

'Dus de achterdeur is sinds gisteravond niet meer gebruikt?'

'Nee.' Leon keek Eva aan. 'We hebben hem gisteravond gewoon op slot gedaan, toch?'

Eva staarde naar het slot. Er zat geen sleutel in. Ze weifelde. 'We gingen snel naar binnen omdat het opeens begon te stormen', zei ze, meer tegen zichzelf dan tegen de rest. Ze sloot even haar ogen om de herinnering terug te halen. Daarna keek ze in de keuken, waar de sleutel zoals gewoonlijk op het aanrecht lag. Ze wierp een blik op Leon. 'Ik heb hem niet op slot gedaan', zei ze toen, bijna zeker van haar zaak. 'Het was een beetje hectisch door de storm en we gingen meteen daarna slapen. Ik denk dat ik het vergeten ben, anders had ik de sleutel wel in de deur laten zitten.'

Ze had ooit een cursus over brandveiligheid gevolgd en sindsdien zorgde ze er altijd voor dat ze in het hypothetische geval van brand niet eerst in het donker een sleutel hoefde te zoeken om te kunnen ontsnappen. Dat betekende dat ze, ook thuis, de sleutel 's nachts altijd aan de binnenkant van de deur liet zitten, ook al was dat misschien een handig hulpmiddel voor inbrekers.

Leon schudde zijn hoofd. 'Ik heb het volgens mij ook niet gedaan.'

'Dus de deur was mogelijk open', zei de agente. Er zat geen oordeel in haar stem, en toch voelde het zo. Eva kon zichzelf wel voor haar kop slaan.

'Misschien wel, ja', zei ze zacht.

'Wie beschikt er, behalve jullie, over een sleutel?' vroeg de agente.

'Mijn ouders, maar die wonen in Zeeland. En er is een sleutel bij de receptie voor noodgevallen. Voor zover ik weet zit die in een afgesloten sleutelkast.'

De agente keek even naar een collega, die meteen wegschoot. Het aanzwellende geluid van autobanden op knerpend grind dreef het huisje binnen. Eva keek uit het raam en zag twee politieauto's arriveren plus een donkerblauwe Volvo, ze parkeerden schuin op het pad. Meteen daarna werden portieren dichtgeslagen. Stemmen vulden de lucht. Zware voetstappen kwamen het huisje binnen.

Er gebeurde van alles tegelijk. Een agent nam haar en Leon mee naar buiten, ze hoorde iets over onderzoek en sporen. Er kwam een busje aan. Drie mannen en een vrouw stapten uit, ze droegen koffertjes het huisje binnen. De totaal onlogische gedachte kwam bij haar op dat ze koffie moest maken voor al die mensen. Nienke verscheen, Ron ook. Ze keken bezorgd. Een paar agenten hielden nieuwsgierige campinggasten op afstand. Een losgebroken hondje blafte naar de agenten en werd door zijn baas in zijn nekvel gegrepen.

Eva werd meegenomen naar een politieauto. Ze nam plaats op de achterbank, haar benen buitenboord. Leon zat in een andere auto. Een agent die ze nog niet had gezien kwam op zijn hurken voor haar zitten. Hij droeg een spijkerbroek en een donker overhemd met korte mouwen, zwarte sneakers aan zijn voeten.

'Ik ben rechercheur Van Louwen', stelde hij zich voor. 'Ik wil allereerst mijn medeleven uitspreken voor de verschrikkelijke situatie waarin u zich nu bevindt. Mijn collega's en ik doen er alles aan...' Eva hoorde de rest van zijn zin niet eens. Ze zeiden allemaal hetzelfde. Ze keek op haar horloge. Vijf voor halftien. Max zou zijn fles normaal gesproken allang op hebben.

'Hij moet drinken', zei ze tegen de rechercheur. Ze onderbrak hem in een zin, maar merkte het amper.

'Wat bedoelt u?'

'Max.' Ze beet op haar bovenlip. 'Hij moet zijn fles.' Ze had gekeken. Zijn speen was weg, maar zijn fles niet. Die stond in de keuken, de bus met poedermelk ernaast.

De agent knikte. 'Mijn team start op dit moment een grootschalig onderzoek op. We zoeken naar sporen in uw huisje en daarbuiten. Mijn collega zal zo meteen uw vingerafdrukken en die van uw man nemen om die uit te sluiten van het onderzoek. Verder zoeken we naar voetafdrukken en andere sporen. We hebben de foto van Max uitgestuurd naar alle andere korpsen in het land en naar de marechaussee. Als iemand met Max probeert het land te verlaten via een van de luchthavens, zal hij niet ver komen.' Hij hield zijn hoofd schuin en keek haar aan. 'In de tussentijd is het van het allergrootste belang dat u honderd procent eerlijk tegen ons bent. We praten afzonderlijk met u en uw man. Wat u tegen ons zegt, blijft binnen het onderzoek.'

Eva begreep wat hij tussen de regels door wilde zeggen,

maar ze schudde haar hoofd. 'Leon en ik hebben geen geheimen voor elkaar.'

De man knikte. 'Prima. Ik heb een heleboel vragen voor u. Als u wilt, kunnen we naar het politiebureau.'

'Wat? Waarom?' Eva schrok. 'Ik moet hier blijven voor als Max...' Ze wist eigenlijk niet welk woord ze moest gebruiken. 'Voor als hij terugkomt', maakte ze haar zin uiteindelijk af.

'Dat is prima', zei de agent geruststellend. 'U mag kiezen. We blijven gewoon hier.'

Hij kwam overeind en liep om de auto heen om vervolgens naast haar op de achterbank plaats te nemen. Eva zag dat een vrouwelijke collega van hem zich bij Leon had gevoegd.

De man stelde de ene vraag na de andere. Eva voelde hoofdpijn opkomen. Iemand bracht een flesje water, dat ze bijna in één keer leegdronk. Nienke vroeg of ze iets wilde eten, maar haar maag draaide zich om bij de gedachte. Ze vertelde over hun leven in Amsterdam, hun banen. Ze zag de blik van de agent vernauwen toen ze zei dat Leon advocaat was. De optie dat dat er iets mee te maken had, was nog niet bij haar opgekomen. Ze deed haar best zich te herinneren aan welke zaak hij werkte, maar kende alleen de grote lijnen. Een financieel delict, dat wist ze wel. Het woord FIOD was de laatste tijd vaak gevallen. Ja, hij was er op vakantie ook mee bezig geweest. Nee, ze had niet de indruk dat hij zich bedreigd had gevoeld. Ze keek naar Leon, vijftien meter verderop, het leek ineens ver weg. Natuurlijk zouden ze dat doen, zei de agent toen ze voorstelde het gewoon aan hemzelf te vragen.

Ze vertelde verder. Over de vakantie, wat ze hadden gedaan, wie ze hadden gesproken. Eva kreeg vragen over Leon. Een paar keer kwam dezelfde vraag terug, merkte ze, maar ze kon uit de grond van haar hart zeggen dat hun relatie goed was. Oké, ze ervaarden de strubbelingen die jonge ouders nu eenmaal hebben, maar ze wist honderd procent zeker dat Leon zijn kind nooit iets zou aandoen.

Ze deed haar best alles zo goed mogelijk te beantwoorden, maar het kostte haar steeds meer moeite. De scherpte die eerder over haar was gekomen begon te verdwijnen. Er kwam mist voor in de plaats, watten in haar hoofd. Ze leek overgeleverd aan de stroomstoten van angst die door haar heen gingen. Het was alsof ze nu pas begon te beseffen wat er allemaal gebeurde, nu ze niks kon doen behalve hier zitten en praten. Haar armen voelden zwaar en leeg. Ze verbeeldde zich Max' geur te ruiken. Zijn heerlijke babyluchtje vermengd met Zwitsal prikte in haar neus, al was het niet echt. Haar hart leek te scheuren bij de gedachte dat hij nu om haar huilde. Dat hij alleen was, honger had, misschien wel pijn. Dat hij bang was, dat hij huilde om zijn moeder. Al haar gedachten balden zich samen in een snik die van onder uit haar keel leek te komen. Ze boog haar hoofd en brak.

Hoofdstuk 11

DE ZON BRANDDE DOOR HET BLADERDEK. IN EEN AUTOmatisch gebaar schoof Eva haar zonnebril naar haar neus, zonder de zon of de bril echt op te merken. Met eenzelfde automatisme keek ze op haar horloge, zoals ongeveer iedere vijf minuten. Halftwee.

Het halve broodje dat ze net met veel moeite had gegeten lag zwaar op haar maag. Ze had geen trek, maar Nienke had het gewoon voor haar neergezet en gezegd dat niemand er nu iets aan had als ze omviel. Dat was waar en Eva had haar best gedaan, maar de angst die almaar groter werd, had haar de eetlust ontnomen.

De politie was klaar in het huisje. Ze mochten er weer in, maar Eva aarzelde bij de voordeur. Ze wilde niet naar binnen. De leegte, de stilte, ze drukten haar op feiten die ze onder ogen moest zien maar die veel te groot waren. Ze wilde buiten blijven, iets doen, millimeter voor millimeter de camping afzoeken, het bos, desnoods het hele land. Het niets kunnen maakte haar gek. In haar hoofd hoorde ze doorlopend het huilen van Max en dat geluid deed zoveel pijn dat ze het fysiek voelde.

Leon deed de deur open, samen gingen ze naar binnen. Er waren nog agenten. Een groepje stond met elkaar te praten, maar week uiteen toen Eva en Leon binnenkwamen. Ze meende schichtige blikken te zien. Een figuur maakte zich los. Wim Herder. Hij kwam op hen af en keek hen beurtelings aan.

'En?' vroeg Eva, gespannen en tegelijkertijd op haar hoede. Haar vraag was een formele. Er was niks uit het onderzoek gekomen, dat wist ze allang. Anders hadden ze het wel verteld.

De agent schudde inderdaad zijn hoofd. 'De recherche heeft geen bruikbare sporen kunnen vaststellen', zei hij. 'Het vermoeden bestaat dat de achterdeur inderdaad open was of anders zonder braaksporen is geforceerd.'

'Kan dat?'

De man knikte, zijn gezicht had iets spijtigs. 'Bij dit soort sloten wel.'

'Of iemand heeft een sleutel gehad', zei Leon.

'Dat is ook een mogelijkheid, maar aangezien jullie sleutel gewoon op het aanrecht lag en de reservesleutel in het afgesloten sleutelkastje achter de receptie, zijn de andere twee mogelijkheden op dit moment waarschijnlijker: of de deur was open, of iemand heeft het slot geopend met wat gereedschap.'

'Maar in het huisje dan...' Leon hief zijn handen. 'Of

voetstappen, vingerafdrukken – jullie hebben toch wel iets gevonden?'

Wim Herder trok even met zijn mond. 'Ik wou dat ik ja kon zeggen, maar dat is niet zo. Bij de buitendeuren en op Max' kamer zijn alleen jullie vingerafdrukken aangetroffen.'

'En nu?' vroeg Eva, terwijl ze zich op de bank liet zakken. 'Nu is het toch niet afgelopen?'

Leon en de agent gingen ook zitten. 'Natuurlijk stoppen wij niet', zei die laatste. 'Collega's zijn al de hele ochtend bezig met onderzoek op de camping. Dat betekent vooral dat ze mensen vragen of ze iets hebben gezien. Een ander team is bezig het bos uit te kammen. We blijven met dit grote team werken totdat we Max hebben, dat beloof ik jullie.' Hij ging verzitten. 'Een aantal collega's is vanaf het bureau bezig met database-onderzoek. Omdat we op dit moment nog geen concrete richting hebben waarin we moeten zoeken, houden we het onderzoek breed. Dat betekent onder andere dat we kijken naar vergelijkbare zaken.'

Eva keek hem aan. 'Bedoelt u dat er meerdere baby's...' Ze maakte haar zin niet af.

Wim Herder schudde zijn hoofd. 'Nee, een zaak die hier een-op-een op lijkt hebben we niet gevonden. Maar we kijken breder: naar alle vermissingszaken van minderjarigen. Een zaak die eruit springt is die van Saskia Thijssing, zegt die naam jullie iets?'

Eva boog haar hoofd en knikte. De naam van het meisje was vanochtend ook door haar hoofd geschoten, maar dat was een gedachte geweest die ze nog niet had willen toelaten. De afloop van die zaak was niet bepaald hoopgevend.

'Ja, die zaak kennen we', antwoordde Leon. 'Eva en ik waren hier met onze ouders op vakantie toen die speelde. We gingen allebei niet echt met haar om, maar we wisten wel wie Saskia was.'

De agent knikte, maar ging er verder niet op door. Eva probeerde de reikwijdte van zijn woorden in te schatten. 'Maar denkt de politie dan dat dit met de verdwijning van Saskia te maken heeft?'

'Dat weten we op dit moment nog niet', antwoordde de agent. 'We moeten alle opties openhouden, en alle mogelijkheden onderzoeken. Het enige wat we nu zien is een parallel, maar concrete aanwijzingen hebben we niet.' Hij haalde diep adem en leek nog verder te gaan praten, maar in plaats daarvan sloot hij zijn mond weer.

'En nu?' vroeg Eva, opnieuw. 'Er moet iets gebeuren. Jullie moeten iets doen.' Ze hoorde zelf hoe hoog en hard haar stem klonk. De politie kon wel zeggen dat ze zo hard bezig waren met hun onderzoek, maar ondertussen gebeurde er niet genoeg. 'Er moeten meer mensen komen', zei ze. 'De hele omgeving moet worden uitgekamd. Nog verder, nog beter.'

Leon viel haar bij. 'Millimeter voor millimeter', zei hij. 'Waar zijn de honden?'

'Die zijn een uur geleden gearriveerd', antwoordde de agent. 'En er hebben zich groepen vrijwilligers verzameld die ook gaan zoeken. Voornamelijk campinggasten.'

Heel even schoot er een beeld door Eva's gedachten. Iets van vroeger, uit de tijd dat Saskia was verdwenen. Ook een groep campinggasten die het bos in ging, arm in arm, speurend naar de grond. Ze duwde het plaatje weg. Niet aan denken.

De achterdeur ging open en Van Louwen, de rechercheur die Eva eerder had gesproken, kwam binnen. Hij nam naast zijn collega plaats op de bank. Eva keek hem gespannen aan, maar hij schudde kort met zijn hoofd om aan te geven dat hij geen nieuws had. Daarna leunde hij voorover.

'We moeten eerlijk tegen elkaar zijn, en tegen onszelf.' Hij vouwde zijn vingers tot een dakje onder zijn kin. 'Max kan niet lopen. Iemand heeft hem meegenomen en hoewel we op dit punt echt alle opties openhouden, is het niet aannemelijk dat iemand zomaar een willekeurig huisje binnen is gegaan om een willekeurige baby mee te nemen.'Hij keek Eva en Leon beurtelings aan. 'We moeten er dus op dit moment van uitgaan dat dit een gerichte actie is. Niet tegen Max, maar tegen iets of iemand die met Max te maken heeft.' Hij haalde zijn vingers weg onder zijn kin en legde zijn handen op zijn knieën. 'Tegen jullie', sprak hij toen uit wat natuurlijk al in de lucht hing.

Eva keek naar Leon, die op zijn beurt naar de rechercheur keek. Hier hadden ze het al over gehad. Geen van beiden kon bedenken wie Max iets aan zou willen doen, of wie via Max hen zou willen pakken. Leon werkte aan een zaak die natuurlijk impact had op allerlei mensen, ook criminelen. Maar in zijn huidige zaak was hij aan de winnende hand en de direct gedupeerde daarvan was uitsluitend het Openbaar Ministerie. Leon had al gebeld met een van de partners van zijn kantoor en die had beloofd dossiers van voorgaande zaken aan de politie te overhandigen, voor zover mogelijk. Het was vergezocht, maar misschien had de verdwijning van Max met een van die zaken te maken, al had Leon nooit eerdere bedreigingen ontvangen.

'We moeten allerlei denkrichtingen openhouden', zei Van Louwen. 'Als iemand Max heeft meegenomen als signaal aan Leon en als dat te maken heeft met een lopende of oude strafzaak, is het de vraag wat ze dan willen.'

'Losgeld?' vroeg Leon.

De man tuitte zijn lippen. 'Dat wordt vaak in de eerste uren van een verdwijning al duidelijk, en in dit geval hebben we niks gehoord. Het is ook niet de meest logische optie. Jullie zijn niet extreem vermogend, en als dit te maken heeft met het werk als advocaat, zou een andere eis meer voor de hand liggen.'

'Terugtreden in een zaak.'

'Bijvoorbeeld.'

'Of vergelding.'

Van Louwen knikte, maar leek niet erg overtuigd. 'Het meenemen van een baby is dan wel een heel zwaar middel, zeker zonder voorafgaande bedreiging.' Hij keek twijfelend. 'Vanuit de criminelen geredeneerd zou ik zeggen dat het niet logisch is om een baby mee te nemen om druk uit te oefenen. Dan zitten ze met een baby opgescheept die huilt en moet eten. Dat willen ze niet.'

'Tenzij ze hem...' begon Leon, maar toen hij zich realiseerde hoe hij die zin moest afmaken hield hij zijn mond.

'Het is sowieso al niet logisch dat iemand Max heeft meegenomen om druk te zetten in een zaak waar nog niet eerder een bedreiging is geuit', zei de agent. 'En het is nog veel minder logisch dat er nu, uren na de verdwijning, nog geen enkel contact is gezocht. Als iemand Max als chantagemiddel wil inzetten, zal diegene op z'n minst moeten vertellen wat hij dan wil.' Hij keek eerst Leon aan en toen Eva. 'De optie dat Max niet meer leeft is er eentje die we natuurlijk niet kunnen uitsluiten, maar heel zakelijk gezegd: als dit inderdaad een chantagezaak is, is dat geen aannemelijke optie.'

Eva slikte en probeerde alle informatie te verwerken, maar het leek wel alsof haar gedachten steeds blokkeerden. Chantage, criminelen, de woorden kwamen wel binnen, maar leken stuk te slaan op een muur van ongeloof.

'U gelooft er niet in', zei Leon. Het was geen vraag, en ook weer wel. De agent keek even naar Wim Herder, die op zijn beurt naar de grond staarde. Daarna schudde hij zijn hoofd met een klein, nauwelijks waarneembaar gebaar.

'Omdat we geen zekerheid hebben moeten we alle mogelijkheden onderzoeken', zei hij, het klonk wat formeel. 'Maar als dit een chantagezaak of een ontvoering voor losgeld is, dan zijn er wel heel veel dingen die niet kloppen. Om te beginnen het feit dat er geen eis is neergelegd.'

'Maar wat dan?' vroeg Leon, die tussen de regels door blijkbaar precies hetzelfde als Eva had gelezen.

'Ja.' Van Louwen knikte. 'Dat is een goede vraag.'

'Willekeur?' vroeg Leon toch.

'Het is een mogelijkheid, maar daar zou ik eerder aan denken als Max op klaarlichte dag van een drukke plek was verdwenen. Midden in de nacht een baby uit een huisje stelen is al een stuk minder willekeurig.'

'Een gek?' vroeg Leon met zijn hoofd in zijn handen. 'Er lopen genoeg idioten met vreemde ideeën rond. Een verward persoon kan echt heel rare dingen doen.'

De agent knikte. 'Dat is een optie die we zeker onderzoeken, al geldt ook hier dat je dan meer een impulsieve actie zou verwachten.'

'Maar als iemand midden in de nacht dronken is, of schizofreen, of psychotisch voor mijn part, dan kan diegene zich toch herinneren dat wij een baby hebben.' Aan Leons stem was te horen dat hij wanhopig graag een aanknopingspunt wilde, nu de politie volledig in het duister leek te tasten. 'We zijn deze week bijna iedere dag met Max bij het zwembad geweest, of bij het vennetje. Er zijn genoeg mensen die hem hebben gezien. Je hoeft ons maar te volgen en je weet welk huisje wij hebben.'

'Ja.' De agent knikte opnieuw, maar aan zijn gezicht was te zien dat hij niet overtuigd was van de waarheid van die theorie. Hij keek zijn collega aan en haalde diep adem. 'Ik wilde dat ik jullie iets concreets kon vertellen, maar dat gaat op dit moment nog niet.'

'Zijn er destijds bij de verdwijning van Saskia Thijssing verdachten in het vizier geweest?' vroeg Leon toen.

De man knikte. 'Een handjevol, maar die hebben we uiteindelijk allemaal moeten loslaten. We konden niks bewijzen.'

'Die moeten opnieuw worden gecheckt. Er kan een match zijn met deze zaak. Iemand die nog steeds in de buurt woont, of hier op vakantie is. Iemand die daarna voor een andere zaak is veroordeeld.' Leon ging steeds sneller praten. 'Als er een link te maken is, moet diegene zo snel mogelijk worden opgepakt.'

Van Louwen bleef kalm, ook al was Leon opgestaan en begon hij door de kamer te ijsberen. 'Mijn collega's zijn nu bezig de twee zaken te vergelijken', zei de rechercheur. 'Als ze een aanknopingspunt vinden, zullen ze meteen vervolgstappen zetten.'

'Was u er zelf bij betrokken?'

'Waarbij?'

'De verdwijning, destijds.'

'Ja, ik werkte net bij de recherche. Ik heb maandenlang aan deze zaak gezeten, tot we hem uiteindelijk moesten sluiten.' Hij kneep zijn ogen samen. 'Op dit moment is de parallel met de verdwijning van Max alleen een denkrichting. Er zijn meer verschillen dan overeenkomsten tussen deze twee zaken.'

'Zoals?' Leon stem klonk strak. Hij leek steeds meer in zijn advocatenrol te groeien. Zijn houvast, wist Eva.

'Hoe bedoelt u?'

'Welke verschillen?'

De man schraapte zijn keel. 'De leeftijd, om te beginnen. Het geslacht.'

Leon kneep zijn ogen samen. Eva zag een spiertje trekken bij zijn oog. Uiterlijk leek Leon kalm, maar ze kende hem goed genoeg om te weten dat het vanbinnen raasde. Zijn boosheid en paniek leken zich nu tegen de politie te keren.

'Dat is een bekrompen manier van denken', zei hij. 'Als je alvast beredeneert waarom het waarschijnlijk níét zo is, vind je ook vooral bewijzen in die richting.' Hij liep weer heen en weer, alsof hij oreerde voor de rechtbank. 'Er zijn genoeg zaken bekend van pedofielen die niet specifiek op één leeftijdsgroep gericht zijn, of zelfs op één geslacht. Door de jaren heen is er steeds meer kennis gekomen over deze mensen en als ze eenmaal een keer zijn gepakt, is vervolgens bekend waar ze wonen.' Hij keek de rechercheur aan. 'Is er al een lijst gemaakt van pedofielen in de omgeving? Zijn zij al opgespoord?'

De rechercheur knipperde en wilde iets zeggen, maar Leon was hem voor.

'Die mensen moeten meteen worden opgepakt, verhoord. Ik wil daarbij zijn. Ik wil ze zelf in de ogen kijken en zien of ze de waarheid spreken.' Hij zette zijn woorden kracht bij met steeds wildere armgebaren. 'Ik heb genoeg criminelen gezien om te weten wanneer ze liegen. Ik keer ze binnenstebuiten tot ik het zeker weet, tot we Max terug hebben en u...' Hij prikte met zijn vinger in de richting van de twee politiemannen. 'U moet meer doen. U zit hier maar te zitten. U moet mensen arresteren. Zet ze in de cel, dan gaan ze wel praten. U laat ze buiten rondlopen, terwijl mijn zoon...' Hij moest even slikken, maar ging meteen verder. Zijn stem was hard en schel. 'Terwijl mijn zoon is overgeleverd aan de handen van een of andere gek. De politie heeft geen idee, dat is het enige wat we horen. De politie doet onderzoek, maar het leidt nergens toe.' Hij priemde weer met zijn vinger in de richting van het tweetal. 'Wat als het uw eigen zoon zou zijn? Zou u dan wel wat harder lopen?'

'Leon...' Eva legde haar hand op zijn arm toen hij voorbijliep. Leon bleef staan. Ze voelde hem trillen. 'We moeten nu... Ik bedoel...' Ze wist eigenlijk niet wat ze wilde zeggen, ze wilde alleen maar dat Leon kalmeerde.

De rechercheur maakte gebruik van de stilte door zijn mond nu wel open te doen. 'Meneer Zwart, met alle respect, mijn collega's en ik werken momenteel met man en macht aan deze zaak. We onderzoeken alle opties, we kijken naar de bekende pedofielen en andere zedendelinquenten in de omgeving. Ieder aanknopingspunt, hoe klein ook, wordt aangegrepen.' Hij haalde diep adem. 'Ik begrijp dat u beiden doodsangsten uitstaat en ik zou echt willen dat ik u beloftes kon doen, maar dat gaat niet. We kunnen niet zomaar allerlei mensen arresteren, zonder reële verdenking, dat weet u als advocaat als geen ander. Als we dat doen, hebben we binnen de kortste keren een legertje juristen op onze stoep en moeten we die mensen laten gaan. We moeten dit zorgvuldig aanpakken en dat doen we. U moet dat van mij aannemen.'

Leon liet zijn adem ontsnappen. Ineens leek de energie uit hem te zijn weggestroomd. Hij knikte alleen maar en zei verder niks. De twee politiemannen bleven nog even zitten, maar niemand zei iets.

Er klonk een klop op de deur van het huisje en meteen daarna stond Ron in de kamer. Hij had een papieren zak bij zich, die hij wat onbeholpen omhooghield. 'Is er al nieuws?'

Eva schudde haar hoofd. Ron keek even naar de zak en toen terug naar Eva en Leon. 'Ik heb eten meegenomen, maar ik weet niet...' Hij schudde zijn hoofd en legde de zak op het aanrecht. 'Als er iets is wat ik voor jullie kan doen...'

Eva knikte. 'Dankjewel.'

De twee politiemannen stonden op en zeiden dat ze zo snel mogelijk terug zouden komen. Daarna verlieten ze het huisje. Ron keek hen na en bleef even besluiteloos staan, tot hij ook iets mompelde en wegliep.

Ineens was het doodstil. Eva liep naar het aanrecht en bleef voor het raam staan. In de vensterbank lag een speen van Max, ernaast stond een flesje, een torentje met melkpoeder verdeeld over hoeveelheden voor elk precies één voeding. Ernaast lag een knuffel, een grijs beertje met een zacht doekje eraan. Ze pakte het op en bracht het naar haar neus. Het rook naar Max. Ze kromp ineen en liet de tranen toe. Die stroomden over haar wangen terwijl ze huilde zonder geluid.

Leon kwam achter haar staan en sloeg zijn armen om haar heen. Zijn eigen tranen drupten op haar haar. Ze bleven staan terwijl alles raasde en de wereld zwart leek.

Hoofdstuk 12

ZE KON NIET STILZITTEN. DAN RAMMELDEN DE ANGST EN de paniek aan al haar organen en moest ze lopen, bewegen, om niet te bezwijken. Daarom beende Eva door de kamer. Haar telefoon ging, het was haar moeder. Snel nam ze op.

'Er is geen nieuws', zei ze meteen nadat ze haar had begroet. 'De politie is nog aan het zoeken.'

Ze praatten even, Eva vertelde haar moeder op welke plekken de politie had gezocht. 'En ze kijken naar die zaak van dat verdwenen meisje', voegde ze eraan toe. 'Saskia Thijssing. Dat herinner je je toch nog wel?'

'Ja, natuurlijk. Je vader en ik hadden het daar net over. Ik wilde nog vragen of de politie daaraan denkt.'

'Ja, dat doen ze. Logisch ook. Al zeggen ze zelf ook dat er ook veel verschillen zijn.'

‘Je weet het nooit’, zei haar moeder nadenkend. ‘Ze hebben toen ook een heel stuk van het bos uitgekamd. Je vader heeft zelfs nog een stuk gedaan, met een paar mannen van de camping. Van ons huisje tot aan die schaapskooi, die toen in aanbouw was.’

‘Ja.’ Eva knikte. Ze knipperde een paar keer. ‘Maar vooralsnog ziet de politie niet meteen een verband.’

‘Als ze maar snel iets vinden’, zei haar moeder. ‘Een spoor, een aanknopingspunt. Wij zijn in ieder geval onderweg.’

Eva knikte. Toen ze vanochtend huilend haar moeder had gebeld, had die gezegd dat ze meteen in de auto zouden stappen. Maar Eva had dat afgehouden. Misschien wel omdat ze de hoop niet had willen verliezen dat Max snel weer zou opduiken. Maar met de uren vervloog ook die hoop. En nu wilde ze heel graag dat haar ouders zouden komen.

Ze praatten nog even en toen hing Eva op. Vrijwel meteen begon Leons telefoon te rinkelen. Eva’s adem stokte. Hij keek even op het schermpje, noemde de naam van de politieman die belde en nam toen snel op. Na een paar seconden was aan zijn stem te horen dat de rechercheur geen nieuws had.

Eva liet haar adem ontsnappen. De politie liep in en uit en belde voortdurend. Ze hadden tientallen vragen waarvan Eva niet wist waar die toe zouden leiden. Elk uur kwam er een update, maar elk uur was het hetzelfde. Het onderzoek liep, alle aanknopingspunten werden gevolgd, maar op dit moment was er nog niets concreets. Ze wilde de gedachte niet toelaten dat de politie feitelijk geen idee had.

Het was een kort gesprek, binnen een minuut hing Leon al op. Eva keek naar de restanten van de pasta op het aanrecht. Leon had hooguit twee happen gegeten. De aanblik van het bord maakte Eva misselijk. Ze opende de vuilnisbak en gooide het eten met bord en al weg. Daarna bleef ze leunend op haar armen naar buiten kijken. Er liepen mensen over het pad. Ze zag hun blikken richting hun huisje, maar registreerde ze verder niet. De hele dag waren er al campinggasten voorbijgelopen. Een agent had eerder gezegd dat de verdwijning de andere gasten flink bezighield. Een hele groep, voornamelijk mannen, had zich verzameld om in het bos te gaan zoeken, maar was uren later met lege handen teruggekeerd. Alle gasten waren door de politie ondervraagd, maar daar was geen enkel aanknopingspunt uit naar voren gekomen. Niemand had iets gezien of gehoord. Iedereen zei dat de storm luid was geweest en de regen op het dak van hun huisje, caravan of tent had alles overstemd. De regen was tegen halfzeven gestopt. Het was aannemelijk dat Max voor die tijd was verdwenen, ook omdat ze zelf anders misschien wel wakker waren geworden van een vreemd geluid. En om halfzeven was het al licht. De politie ging ervan uit dat de dader de veiligheid van het donker had gebruikt om ongezien weg te komen.

Het schemerde. Eva was alle gevoel voor tijd verloren, maar de klok vertelde haar dat het kwart over acht was. Meer dan twaalf uur na Max' verdwijning. Twee, drie, misschien wel vier flessen die hij niet had gehad. Twee maaltijden. Hij moest nu krijsen van de honger. Hij moest uitgeput zijn. Die gedachte sloot een klem om haar hart die zoveel pijn deed dat ze eigenlijk alleen maar kon schreeuwen, maar zelfs dat lukte niet meer. Ze voelde zich boven alles verlamd.

Met een ruk draaide ze zich om. Ze kon niet verlamd zijn. Ze moest iets doen. Leons telefoon ging opnieuw en weer schrok ze, maar hij schudde vrijwel meteen zijn hoofd. 'Gerard', zei hij. Dat was iemand van zijn werk. Leon had de hele middag besteed aan telefoontjes en driftig zoeken op zijn laptop. Oude zaken doorspitten, samen met zijn collega's die in Amsterdam ook keihard aan het werk waren. Een van Leons collega's had het hele team gebeld toen hij het nieuws van Leon had gehoord en iedereen die in de gelegenheid was, was meteen naar kantoor gekomen. Ieder dossier dat ze door konden nemen, was meegenomen. Tientallen namen waren voorbijgekomen en net zo hard weer afgestreept. Niet één ervan was logisch. Maar de collega's bleven zoeken, hadden ze Leon verzekerd. Als er een connectie was met een zaak van het kantoor, zouden ze die vinden. Toch bleven de woorden van de rechercheur in Eva's hoofd hangen. Een baby meenemen en geen eis stellen was onlogisch als dit een chantagezaak was.

Leon stond te bellen onder de veranda, omdat het bereik binnen niet zo goed was. Via de openstaande deur dreef warme avondlucht naar binnen, maar toch huiverde Eva. Had Max wel een deken? Een knuffel? Een bedje? Met een bruusk gebaar pakte ze Leons laptop en surfte naar Google. Alles was beter dan wachten met niets omhanden.

Haar zoekopdracht 'missing baby' leidde naar een film met die woorden in de titel en een hele rij nieuwsberichten. Een voor een klikte ze die aan. Een baby die per ongeluk was meegenomen bij een autodiefstal, een baby ontvoerd door een stiefvader, een baby die door de moeder als vermist was opgegeven maar door haarzelf ontvoerd bleek te zijn, een baby als inzet van een bittere echtscheidingsstrijd. Stuk voor stuk verschrikkelijke zaken, maar niet één bracht haar verder. Ze zocht zelfs op Madeleine McCann, maar verdronk al snel in de gigantische hoeveelheid informatie, theorieën en nieuwsberichten over die zaak. Ze veranderde haar zoekopdracht in 'baby disappeared' en kwam terecht bij een zaak die jaren geleden in Amerika groot nieuws was geweest. De destijds tien maanden oude baby was nog steeds niet teruggevonden en de politie tastte in het duister. Ze scrolde door en vond berichtjes over kortdurende vermissingen. Kinderwagens die waren meegenomen uit winkelcentra, meestal door verwarde personen. Een psychotische vrouw die een baby van de kraamafdeling had gestolen, ook in Amerika. Eva las het bericht helemaal uit en daarna nog een keer. Hoe ze het ook wilde zien, er was geen enkele vergelijking met Max te maken, behalve dan dat dit ook een baby was geweest die aanvankelijk zomaar van de aardbodem leek te zijn verdwenen. Maar een kraamafdeling was een relatief openbare plek en de ontvoerde baby was volledig willekeurig gekozen door iemand die zomaar een kind wilde stelen. Daar stopte de vergelijking met Max. Overigens had de dader geen rekening gehouden met de beveiligingscamera's van het ziekenhuis en was de baby binnen een paar uur gezond en wel terugbezorgd bij zijn ouders.

Eva staarde voor zich uit. Ze wist niet waarom, maar ergens bleef het bericht hangen. Het was het enige bericht waarbij niet een van de ouders of een ander familielid op een of andere manier met de verdwijning te maken had. Ze wist dat ook zij en Leon door de politie als mogelijke daders in ogenschouw waren genomen. Vanochtend meteen al. Ze had heel veel vragen beantwoord, en gedurende de dag was vrijwel elke vraag opnieuw voorbijgekomen. Bij Leon hadden ze hetzelfde gedaan. Ze hadden Eva zelfs vragen over Leon gesteld en andersom. Ze had de vragen beantwoord, maar verder had ze die deur meteen dichtgeslagen. Leon had hier niks mee te maken. Er was ook gesproken over verdere familieleden of bekenden, maar niemand was in de buurt, dus ook dat lijntje van de politie was doodgelopen, voor zover het al een lijntje was.

Het was volgens de politie niet erg aannemelijk dat Max zomaar door een verward persoon was meegenomen, maar aan de andere kant: een logischer verklaring konden ze nu ook niet geven. De weg van Leons werk leek afgesloten – die optie was onlogisch, dat begon ze steeds meer in te zien. De vergelijking met de zaak van Saskia Thijssing was misschien plausibel, maar die zaak was nooit opgelost en bood daarom niet meteen veel aanknopingspunten.

Volgens zowel Leon als de politie was willekeur iets wat maar weinig voorkwam bij grote misdaden, maar het was niet uitgesloten. Ze dwong zichzelf om na te denken. Wie zou een baby stelen? De mogelijkheid van een pedofiel kwam in haar op, voor de zoveelste keer vandaag. Maar zoals de hele tijd lukte het haar nu ook niet om dat echt te geloven. Er waren zoveel manieren te bedenken waarop een zedendelinquent kon toeslaan, zeker op een camping. Van al die manieren was midden in de nacht een baby uit een huisje stelen de ingewikkeldste.

Tenzij iemand per se deze baby wilde. Niet zozeer Max, maar wel de baby van haar en Leon. Iemand die persoonlijke wrok koesterde. Hier had de politie al naar gevraagd. Eva had gezegd dat ze geen idee had wie dat zou moeten zijn en dat klopte ook, maar het viel niet te ontkennen dat Leon en zij op deze camping geen onbekenden waren. In al die zomers in Drenthe waren er vriendschappen gesloten en gebroken, verkeringen ontstaan en net zo hard uitgemaakt. Eva wist zeker dat zij en Leon geen spoor van gebroken harten achter zich hadden gelaten, maar het was een denkrichting waar ze nog niet zoveel aandacht aan had besteed. Alleen klopte die eigenlijk vanaf de basis al niet, want niemand uit die tijd was momenteel op de camping, voor zover ze wist. Behalve Ron en Nienke, maar die waren er niet vandoor met een baby, aangezien Eva ze vandaag allebei een paar keer had gezien. Bovendien was de gedachte alleen al absurd.

Ze dacht verder. Er waren vroeger wel kinderen uit de omgeving geweest, maar ze wist niet meer precies wie. Niet de kinderen met wie zij het meest omging, en dat gold ook voor Leon. Ze wist trouwens ook niet of die als volwassenen in de buurt waren blijven wonen. In elk geval kon ze geen enkele aanleiding bedenken waarom een van hen wrokgevoelens zou koesteren. Ze had ze jaren niet gezien.

Ze schudde haar hoofd, drukte op de muis van de laptop om die weer tot leven te wekken, maar deed niks anders dan een beetje over het scherm scrollen. Het nieuwsbericht van de gestolen baby stond nog steeds open.

Ze keek naar Leon, die nog altijd buiten stond te bellen. Hij had zijn rug naar haar toe gedraaid. Het lampje onder de veranda verlichtte zijn achterhoofd en zijn nek, terwijl het buiten steeds donkerder werd. Ze keek naar de muggen die driftig rondzoemden in het schijnsel van het licht. Leon praatte zacht, te zacht om te verstaan.

Haar gedachten gleden weer naar het nieuwsbericht. De

dakloze dader in Amerika had de baby meegenomen naar haar vaste plek, aan de zijkant van een brug in het gedeelte van de stad waar de politie liever niet kwam. Daar had ze hem in haar jas gevouwen, stond te lezen in het bericht, en toen de baby was gaan huilen had ze ermee rondgelopen. Al vrij snel daarna was de politie gekomen, omdat de dakloze een bekende van hen was en ze haar vaste plek kenden.

Eva probeerde haar gedachtegang te volgen. Je bleef niet doelloos rondlopen met een gestolen baby. Ten eerste was de kans dat je dan werd gezien veel groter en ten tweede was het logisch om de baby mee te nemen naar een plek die je als je thuis beschouwde, zodat je het kind kon verzorgen. Dat kon niet zomaar een rijtjeshuis in een woonwijk zijn, tenzij je toevallig allemaal babyspullen in huis had. Ze overwoog die optie en knikte half. Als je doelbewust een baby ging stelen, was het niet vreemd dat je van tevoren babyspullen kocht.

Ze maakte een aantekening op een blaadje naast de computer, dat ze dit straks aan de politie moest voorleggen. Supermarkten en drogisterijen hadden camera's. Het was een longshot, natuurlijk, maar het was tenminste iets.

Leon keek vragend toen ze het hem tien minuten later voorlegde. 'Hoe bedoel je: de bewakingscamera's van winkels?'

'Stel dat iemand Max heeft meegenomen omdat diegene gek is en een baby wil', legde Eva uit, met haar pen tegen haar neus tikkend. 'Dat is een optie, toch?'

Leon aarzelde. 'Ik denk het wel.'

'Dan heeft die persoon misschien wel babyspullen gekocht, zonder dat hij of zij een baby heeft.'

'Ja.'

'En dus moet de politie op de bewakingsbeelden van winkels kijken wie er de laatste tijd babyspullen heeft gekocht. Misschien zien ze wel iemand die helemaal geen kind heeft.'

'Maar er zijn honderden mensen per dag die babyspullen kopen', zei Leon. 'Die kun je toch niet allemaal gaan natrekken. Nog los van het feit dat je hun namen niet hebt.'

'Nee, maar misschien zien ze wel iemand die ze kennen en van wie ze weten dat die helemaal geen kind heeft', zei Eva, wier hoop door Leons opmerkingen alweer begon af te brokkelen. Ze wilde zo graag iets vinden dat ze geen oog had gehad voor de onhaalbaarheid van haar plan.

Leon haalde kort zijn schouders op. 'Ik weet niet of het zo werkt.' Hij staarde haar aan. 'Denk je echt dat iemand Max heeft meegenomen omdat diegene graag een baby wil?'

Nu hij het zo hardop uitsprak, hoorde Eva ook wel hoe ongeloofwaardig dit klonk. Ze sloot haar ogen, schudde even haar hoofd, maar knikte daarna ook. 'Ik weet het gewoon niet. Het enige wat ik zeker weet, is dat we nu geen steek verder komen. Het wordt donker en...' Ze beet op haar lip, maar kon een huilbui niet voorkomen. 'Max moet terugkomen', zei ze toen met wanhoop in haar stem. 'Hij moet terug voordat het nacht wordt. Hij moet bij ons, hij huilt, hij heeft ons nodig, hij...' Haar stem brak. 'Ik weet het gewoon niet meer, Leon', zei ze toen zacht, bijna onhoorbaar. 'Ik weet het echt niet.'

Hij staarde naar de grond en schudde zijn hoofd. Net toen hij haar weer aankeek en iets wilde zeggen, ging zijn telefoon. Hij nam op en liep naar buiten.

Met een klap sloot Eva de laptop. Leon had gelijk: met camerabeelden zouden ze niks opschieten. Ze schoof haar stoel naar achteren en begon voor de zoveelste keer door de kamer te lopen. Met zoeken op internet schoot ze ook niks op, maar ze moest iets doen. Alleen maar wachten, rondjes lopen, nog meer wachten – daar werd ze gek van. Ze moest naar buiten, zelf gaan zoeken. Eerder had de politie gezegd dat dat geen zin had, maar het moest. Ze kon hier niet langer blijven. Het voelde alsof ze Max in de steek liet als ze alleen maar zat te wachten. Ze beende naar de gang en griste een vest van de kapstok, dat ze over haar dunne shirt aantrok.

'Wat ga je doen?' vroeg Leon, die zijn telefoontje had afgerond en nu achter haar aan kwam.

'Ik kan hier niet blijven', zei Eva. 'Ik moet hem gaan zoeken.'

'Maar het is bijna donker en het bos is al uitgekamd, volgens de politie.'

'Jammer dan.' Eva was ineens heel vastbesloten. 'Ik word gek binnen.'

'Maar je kan niet in het donker het bos in', protesteerde Leon. 'Straks verdwaal je of...' Hij hief zijn handen. 'Ik ga met je mee.'

'Nee! Nee, iemand moet hier blijven. Straks komen mijn ouders en bovendien kan de politie langskomen.'

'Ik laat je niet in je eentje gaan.'

'Ik heb een telefoon en ik ga niet ver.' Ze keek Leon aan, haast smekend. 'Ik doe geen gekke dingen, maar je moet begrijpen dat ik niet kan blijven wachten. Jij bent vanmiddag al gaan zoeken, ik heb nog niks gedaan, behalve zitten en wachten. Ik heb de politie hun werk laten doen, ik heb gewacht, zoals ze hadden gezegd. Maar ik kan niet langer hier blijven zitten. Ik moet naar buiten. Ik moet gewoon voelen dat ik er alles aan doe. Dat ik er alles aan heb gedaan.' De lading van die laatste zin deed haar stem weer breken, maar ze herstelde zich. 'Ik heb mijn telefoon bij me.'

Leon knikte en drukte een kus op haar haar. 'Ik begrijp het', zei hij zacht. 'Bel me als er iets is. En zorg dat je binnen een uur terug bent, als de avond echt valt.'

Eva beloofde het, knikte ferm en liep daarna via de voordeur naar buiten. Een man en een vrouw passeerden net het huisje. Eva keek hen recht aan en zag hoe ze snel hun blik afwendden en doorliepen.

Ze nam het pad over de camping, maar bedacht zich en liep terug naar het huisje, erlangs, naar de achterkant. Ze had geprobeerd zich te verplaatsen in de situatie van de dader, voor zover dat mogelijk was, en een van de dingen die ze had bedacht was dat het een risico moest zijn om midden in de nacht met een baby over de camping te lopen. Als die baby de volgende dag verdwenen bleek te zijn, had je maar één getuige nodig die die nacht iets zou hebben gezien. Daarom lag het meer voor de hand dat de dader een andere weg had genomen. Het pad dat achter hun huisje begon was geen doorgaand pad en het stond ook niet aangegeven. Het was zelfs een beetje dichtgegroeid, maar wie de camping kende en het bos kende, wist dat je via dit paadje ook bij het vennetje kon komen. Dan moest je alleen wel op het juiste moment doorsteken naar een ander pad.

Ze had vandaag agenten op het paadje gezien, dat wel. Ze hadden er gezocht naar sporen, maar niets gevonden.

Natuurlijk niet, voetstappen vond je niet terug op een ondergrond van bladeren. Eva wist ook niet zo goed wat zijzelf op het paadje moest. Als de politie er niets had gevonden, zou zij er waarschijnlijk ook weinig aantreffen.

Toch liep ze erheen. Ze duwde wat overhangende takken opzij en bleef even staan. Het paadje was zo smal, dat je in de schemering bijna niet zag dat je er kon lopen. Ze kon niet ver kijken, de zwarte silhouetten van de bomen benamen haar het zicht. Het was stil op de camping, en nog stiller in het bos. Ze keek even om naar het zachtgele schijnsel van de lampen achter de ramen van het huisje.

Haar voetstappen klonken zacht ploffend op de bosgrond. Bij elke stap kraakte er iets. Eva probeerde de geluiden te negeren, maar haar hartslag reageerde erop. Ze schrok van een krassende vogel, hoog boven haar. Dichterbij sprong iets weg in het struikgewas.

Haar eigen ademhaling klonk zwaar door de stille nacht. Het gebonk van haar hart weerkaatste in haar oren. Ze onderdrukte de neiging om voortdurend achterom te kijken. De hele tijd had ze het gevoel dat ze niet alleen was, maar dat moest verbeelding zijn.

Ze was altijd bang geweest in het donker. Tot haar zestiende had ze geslapen met een nachtlampje. Ze had haar vader verboden er lacherig over te doen, helemaal als haar vriendinnen erbij waren. Soms kwam er iemand logeren en dan liet ze het lampje uit, maar dat had haar altijd een onbehaaglijk gevoel bezorgd. Alsof het donker op zichzelf haar te pakken kon nemen. Alsof de nacht een heel scala van duistere mogelijkheden in zich had, die je over jezelf afriep als het licht helemaal wegviel. Soms vond haar vader het leuk om haar 's avonds een beetje bang te maken, als grapje, maar daarna durfde ze helemaal niet meer te slapen zonder de lamp aan.

Maar nu was ze niet bang in het donker. Haar angst om Max overstemde alles. Ze bleef diep ademhalen, in en uit, in en uit. Zolang ze zich daarop concentreerde, was er geen plek voor andere gedachten. Voor demonen in haar hoofd die klaarstonden om haar te overspoelen. De geluiden, dat waren dieren. Ze herinnerde zich mevrouw Kloosterman, haar biologielerares. Ze kon de licht krakende stem in haar hoofd horen zeggen: de natuur slaapt nooit. Er is altijd leven. Bij het vallen van de avond begint het pas. Het geritsel, het geroep, het zachte gesnuif dat tussen de bomen door klonk – de natuur sliep nooit. Ze keek naar de grond of ze iets zag. Al was het maar een voetafdruk. Maar er was niks.

Plotseling stond het voor haar. Donker en zwaar, massief, met ogen die glommen in het maanlicht. Met een ruk kwam ze tot stilstand, haar mond open om te gillen, maar de angst had haar stem weggenomen. Ze sloeg beide handen voor haar mond en bleef staan.

Het dier staarde naar haar, minstens zo geschrokken als zij. Het was een grote ree, een mannetje dacht ze. Nog één keer keek hij haar aan, daarna maakte hij zich uit de voeten. Zijn poten deden takjes kraken.

Al snel was het dier verdwenen in het donker. Eva hijgde een beetje, maar liep verder. Ze kwam bij het punt waarop de twee paden elkaar kruisten. Het was bijna niet te zien, maar ze had hier honderden, zo niet duizenden, voetstappen liggen. In gedachten probeerde ze de verschillende routes terug te halen, na al die jaren. Het verbaasde haarzelf ook wel een beetje dat dat lukte.

Het maanlicht viel tussen de bomen door en verlichtte het pad. De blaadjes glansden wittig. Ze ging steeds dieper het bos in. De camping was nu niet meer te zien. Het enige wat ze in het donker kon ontwaren, waren de omtrekken van de bomen, hun takken als zwartgeblakerde armen in de nacht.

Ze liep door, terwijl ze de grond bleef afspeuren. Als Max had gehuild toen hij werd meegenomen, zou ze hem dan in het huisje gehoord kunnen hebben? Misschien was de storm te luidruchtig geweest, misschien had ze te diep geslapen. Al kon ze zich dat bijna niet voorstellen, ze schrok al wakker als Max in zijn slaap kuchte. Waarom had ze er dan nu doorheen geslapen? Al die vragen waarop ze geen antwoord had maakten haar duizelig.

Het donker begon te wennen. De bomen stonden hier wat verder uit elkaar en lieten zoveel maanlicht door dat ze een stuk vooruit kon kijken. Af en toe bleef ze staan om zich te oriënteren en te luisteren, al veranderden de geluiden niet. Ze kwam bij een nieuwe splitsing en moest kiezen: verder het bos in of het pad terug naar de camping volgen. Ze probeerde zich voor te stellen wat je zou doen als je hier zou lopen met een baby, een huilende baby waarschijnlijk, want Max moest zich kapotgeschrokken zijn toen hij uit zijn warme bedje werd gehaald. Het zou logisch zijn dat de dader zo snel mogelijk naar huis had gewild, of naar een plek om de baby onder te brengen. Blijven rondlopen had geen zin en hield bovendien het risico in om gesnapt te worden. Maar als de dader Max zomaar mee naar huis had genomen, moest diegene wel afgelegen wonen. Als je midden in een woonwijk plotseling met een baby aan kwam zetten, viel dat natuurlijk wel op. Nu dankzij de lokale omroep en zelfs de landelijke media heel veel mensen wisten dat in deze omgeving een jongetje werd vermist, zouden mensen meer op hun hoede zijn. Het was weer een prachtige dag geweest, mensen waren in hun tuin, op straat. Iemand moest het dan hebben gehoord.

Steeds nadrukkelijker drong zich die andere gedachte op, die ze al de hele dag niet had toegelaten. Ook nu drukte ze hem weg, schudde haar hoofd om hem geen post te laten vatten in haar hoofd. Als ze zichzelf maar een klein beetje toestond het idee toe te laten dat Max niet langer huilde, raakte ze verlamd. Dan balden al die angst en al dat verdriet zich samen in haar maag en kon ze niet langer lopen, denken, bewegen. Het idee zou haar blokkeren en dat was nu geen optie. Ze moest overeind blijven en handelen. Blijven nadenken, ook. Ze was zijn moeder, ze was het aan Max verplicht. De politie kon onderzoek doen, alle technologie inzetten die ze beschikbaar hadden, de recherche, sporen zoeken, er was zelfs met een helikopter gezocht. Maar zij en alleen zij had haar moedergevoel en hoewel ze ook wel wist dat dat haar niet rechtstreeks naar haar kind zou leiden, moest ze het in elk geval proberen. Omvallen, flauwvallen – het kon allemaal later nog. Op dit moment kon ze het zich niet veroorloven.

Ze dwong zichzelf om bij de les te blijven. Ze stond op een kruising, ze moest kiezen. Als de dader hier had gelopen met Max, zou het niet logisch zijn dat hij of zij terug was gegaan naar de camping. Dan had de dader net zo goed vanaf het huisje meteen het pad over de camping kunnen kiezen en daarvan vermoedde Eva nu juist dat het niet was gebeurd. Bovendien zou je, als je het pad naar links nam, uitkomen bij het zwembad, een veel te open plek. Het zwembad was weliswaar van zonsondergang tot zonsopkomst gesloten, maar ze wist nog steeds niet zeker hoe laat Max precies was verdwenen. En als de dader hier in het pikkedonker had gelopen, zou teruggaan naar de camping ook een risico zijn geweest. Een campinggast die 's nachts naar het toiletgebouw liep zou zich de volgende dag zeker herinneren dat hij of zij iemand met een baby was tegengekomen, als diegene al niet op dat moment alarm sloeg.

In ieder geval was het niet vreemd om te denken dat de dader verder het bos in was gegaan, misschien naar een van tevoren klaargemaakte plek. Eva realiseerde zich dat ze aannames deed en misschien zat ze fout, maar ze kon nu niet anders.

Ze slikte, rechtte haar rug en keek naar rechts, waar het pad verder het bos in kronkelde. Terwijl ver boven haar hoofd een uil begon te roepen, zette ze zich weer in beweging. Al snel versmalde het pad zich. Ze haalde haar iPhone uit haar zak om de zaklamp te gebruiken. Haar blik viel op de twee woorden boven in het scherm.

Geen service.

Ze slikte even, maar negeerde de woorden toen. Ze zette de zaklamp aan. De lichtbundel was niet erg sterk en ze had er eigenlijk niets aan. Uiteindelijk zette ze hem maar uit. Daarbij naderde de batterij z'n einde en die kon ze beter sparen.

Ondanks haar vest huiverde ze. De frisheid van de nacht was ingevallen en ze had overal kippenvel, al kwam dat vast niet alleen door de dalende temperatuur. Ze bleef doorlopen, de beweging hield haar warm. Continu keek ze om zich heen. Het gevoel dat er iemand achter haar liep bleef maar hangen, al wist ze dat het haar eigen brein was dat trucjes met haar uithaalde. Ze concentreerde zich op de grond. Nauwkeurig bleef ze speuren. In haar hoofd weerkaatste het ritme van haar voetstappen, links, rechts, links, rechts. Het pad verbreedde zich om meteen daarna weer te versmallen. Ze moest nu bijna tussen de bomen door manoeuvreren. Het leek niet meer op een pad. Had ze het verkeerd onthouden, of had het bos in de loop der jaren aan terrein gewonnen?

Ze stootte haar hand toen ze te dicht langs een boom liep en onderdrukte een vloek. De wortels waren hier over het pad gegroeid en in het schaarse licht moest ze goed kijken waar ze haar voeten neerzette. Ze keek ingespannen naar de grond, maar kon nog steeds geen voetsporen ontdekken.

Net zo snel als het smaller was geworden, verbreedde het pad zich ook weer. Opnieuw kwam ze op een kruising. Ze keek om zich heen, draaide helemaal om haar as en koos toen een pad.

Plotseling gingen haar nekharen overeind staan. Ze had iets geregistreerd waar haar onderbewuste op reageerde. Een geluid. Heel even dacht ze dat het gehuil was, maar misschien wilde ze dat alleen maar horen. Al haar zintuigen stonden op scherp. Ze stond doodstil, vijf seconden, tien seconden. Haar ogen schoten van links naar rechts. Ze draaide haar nek terwijl haar hart onregelmatig tegen haar ribben bonkte. Het bos leek donkerder dan net, de bomen grillige stronken met kale armen die naar haar reikten.

Ze speurde om zich heen, luisterde en speurde opnieuw in het donker. Ze liep verder. En nog een stukje, tot ze plotseling bij een open plek kwam. In het maanlicht onderscheidde ze de contouren van een gebouwtje. Er waren kleine ramen, waar ze het flauwe schijnsel van lamplicht zag. Ze onderdrukte met moeite een kreet toen ze een geluid hoorde. Deze keer had ze het zich niet ingebeeld. Ze duwde hard met haar vuist tegen haar mond om het niet uit te gillen.

Het klonk als een baby.

Ze voelde haar neusvleugels trillen, als van een paard dat onraad had geroken maar nog niet vluchtte. Het was nu helemaal stil. Zelfs de dieren leken hun geluiden op te schorten. Eva sloot haar ogen om beter te kunnen luisteren.

Ze liet zich op haar knieën vallen en begon in de richting van het gebouwtje te tijgeren, de enige plek waar het geluid vandaan kon komen. Uit alle macht probeerde ze te ontdekken waar de deur zat. Ze dwong zichzelf adem te halen en haar blik te fixeren. Het huisje stond op een open plek en het maanlicht viel wit op het vervallen hout. Het was gehavend, maar niet onderbroken. De deur moest ergens anders zitten. Misschien aan de achterkant. Ze boog haar hoofd, ze moest nadenken. Om het ven heen liep een pad naar de hei. De schapen die vroeger in de kooi hadden gestaan, waren er via dat pad heen gedirigeerd. Ze had er vroeger vaak genoeg gelopen, met haar vader achter de schapen aan. Ze herinnerde zich nog de hond die blaffend heen en weer had gesprongen. Nadenken, schreeuwde ze in gedachten tegen zichzelf. Ze kneep haar ogen dicht. Alleen door de raampjes bovenin viel licht naar binnen, dat wist ze nog. Het was er altijd halfdonker. Met een ruk schoten haar ogen open. Achter in de stal was het zo benauwd geweest dat ze er maar één keer was geweest om daarna hoestend naar buiten te lopen. De deur zat aan de korte zijde, ze wist het weer.

Nu kneep ze haar ogen samen en schatte de afstand in. Het was misschien dertig meter tot die kant van het huisje, hooguit veertig. Een afstand die ze in een paar seconden kon overbruggen. Maar ze kon er niet zomaar naartoe rennen. Ieder detail telde nu, ze had maar één kans. Ze moest haar instinct onderdrukken en elke stap vooruitdenken.

Ze haalde haar telefoon uit haar zak, maar nog steeds had ze geen bereik. Ze peinsde er echter niet over om terug te gaan naar een plek waar ze hem wel kon gebruiken.

Ze kroop vooruit, haar knieën koud en nat, haar handen vol nat zand. Ze merkte het amper. Ze liet zich op haar buik zakken en schoof verder, maar na een paar meter stopte ze. Ze was veel te bang dat ze geluid zou maken.

Achterwaarts schoof ze terug naar de luwte van de bomen. Ze kwam overeind en liep gebukt verder in het struikgewas. Als ze het huisje vanaf de andere zijde benaderde, bleef ze meer in de beschutting van de bomen. Ze keek een paar keer op, schatte haar kansen en liep nog een stukje verder.

Ze dook tussen de bomen door. Haar haar bleef hangen aan een tak, ze haalde zich open aan iets scherps. Doornen, misschien, het deed er niet toe. Ze voelde het amper. Met moeite kroop ze over een omgevallen stam en toen stond ze weer aan de rand van de bomenrij.

Aan deze kant van het huisje waren meer raampjes. Hoog en smal, maar groot genoeg om licht door te laten. Dat was zwak, maar het was er onmiskenbaar. Iemand had lampen aangedaan in een schaapskooi die al jaren en jaren niet werd gebruikt. Eva huiverde.

Weer liet ze zich op de grond vallen. Ze begon te kruipen en toen ze dat te riskant vond, schoof ze op haar buik verder. Er sloeg een tak in haar gezicht.

Plotseling hield ze stil. Instinctief dook ze naar de grond. Ze was het huisje tot op tien meter genaderd, de deur was nog wat verder. Boven het bonken van haar hart uit hoorde ze het gekraak van hout. De deur ging langzaam open. Ze drukte haar kin tegen de grond om zo min mogelijk silhouet te vormen in het donker.

Er klonk een stem, gevolgd door een geluid dat haar hartslag zo mogelijk nog verder deed rijzen. Ze moest haar vuist tegen haar mond drukken om niet te gillen, alleen met uiterste krachtsinspanning wist ze te blijven liggen. Het was hem, ze wist het nu zeker. Alles in haar schreeuwde dat ze moest opstaan, naar haar kind, hem vasthouden, troosten. Maar het kon niet. Nog niet.

Ze kroop verder. Max huilde. Dat geluid zou het geruis van bladeren en het gekraak van takken dat ze veroorzaakte, overstemmen. Ze wilde op haar knieën gaan zitten om sneller vooruit te komen, maar ze durfde het niet. Haar armen verzuurden, maar ze verbeet de pijn en ploegde voort. Vijf meter verder. Tien.

Ze hield opnieuw stil. Max' gehuil ging over in gejengel. Tot haar verbijstering hoorde ze iemand zingen. Het geluid was zwakker toen het naar binnen verdween, maar kwam ook weer terug. Eva zag een silhouet. Ze knipperde en keek nog eens, maar de figuur was alweer verdwenen. Het was een vrouw, dat wist ze nu zeker. De stem was te hoog voor die van een man.

De vrouw liep rond, zingend, troostend. Haar stem klonk vreemd hoog, maar Max werd wel stil. Eva waagde zichzelf nog een paar meter dichterbij.

Ze kon het nu goed zien. Er was geen ontkennen meer aan. Eva staarde met open mond. Haar verbijstering overstemde alles. Er kwamen allerlei gedachtes in haar op, maar niet een daarvan kon ze grijpen. Ze zag het met haar eigen ogen, en toch kon ze het niet geloven.

Nienke.

Die naam bleef maar als een kanon door haar hoofd schieten, keer op keer. Ze probeerde er gedachten aan te verbinden, maar dat lukte niet. Alles gleed weg. Het was zo totaal onlogisch. Ergens kwam nog het idee in haar op dat Nienke haar net voor was geweest. Dat ze Max had gevonden en hem alleen even troostte om zo meteen groot alarm te slaan of hem mee te nemen naar de camping. Maar hoewel ze graag wilde dat dat waar was, wist ze dat het tegendeel het geval was.

Ze moest een plan maken, de volgende stap nemen. Als ze nu opstond zou ze gezien kunnen worden en dat risico durfde ze niet te nemen. Ze bleef liggen. Haar gedachten raasden door elkaar en hoe ze ook haar best deed, ze kreeg ze niet tot staan gebracht. Hoe kon ze Nienke vandaag hebben gezien? Waar was Max dan geweest? Alleen? Of zat Ron ook in het complot? Bij de gedachte dat dit misschien wel al die tijd de opzet was geweest van Ron en Nienke werd ze letterlijk misselijk. Ze slikte een paar keer en dwong zichzelf er niet aan te denken. Ze moest nu handelen. Het was het beste om weg te rennen en hulp te halen, maar voor geen goud zou ze Max nu nog uit het oog verliezen. Ze overwoog om te proberen Nienke te overmeesteren. Dan zou ze Max pakken en zich uit de voeten maken. Maar eigenlijk durfde ze dat niet goed. Straks zou Max iets overkomen op het moment dat Eva Nienke aanviel, of zou Nienke hem iets aandoen als ze zich in het nauw gedreven voelde.

Nienke stond nu stil en wiegde Max zachtjes heen en weer. Ze had een dekentje om hem heen geslagen dat Eva niet kende. De maan scheen genoeg bij om de uitdrukking op haar gezicht te kunnen zien. Eva zocht naar een goed woord, maar er kwam niks in haar op.

Waanzinnig, misschien was dat het wel. Nienke had haar ogen opengesperd en leek tot het uiterste gespannen. Maar spanning was niet het enige. Er was iets in haar ogen, een vreemde glans die zelfs in het maanlicht zichtbaar was, een uitdrukking die Eva een rilling op haar rug bezorgde. Het leek alsof Nienke het omhulsel vormde, maar iets of iemand anders bezit van haar had genomen.

Eva sloot even haar ogen en dwong zichzelf opnieuw tot nadenken. Nienke was niet zichzelf. Wie een baby meenam en die vervolgens in het bos verstopte, was ronduit gestoord. Een redelijk gesprek zou er niet in zitten. Ze moest gebruikmaken van het moment van schok dat zou ontstaan als Nienke haar zag en dan meteen Max pakken.

Plotseling was ze weg, uit het zicht verdwenen door de deur van de schaapskooi. Eva's hart sloeg meteen over, maar toen zag ze haar weer. Eva voelde lichte opluchting. Met grote ogen bekeek ze het tafereel. Nienke had een fles gepakt, waaruit Max nu dronk. Ondertussen bleef Nienke rondjes lopen, zacht wiegend, neuriënd. Eva begreep er niks van. Het zag eruit alsof Nienke Max had meegenomen om gewoon een tijdje te babysitten.

Het vocht van de bosgrond was nu helemaal in haar kleren getrokken en ze huiverde. Alles in haar hunkerde naar haar kind. Hij lag stil in Nienkes armen, het leek erop dat hij in slaap was gevallen. De aanblik van Nienke en Max maakte Eva woest. Hoe durfde ze hem mee te nemen. Ze was vandaag zelfs nog bij hen geweest, met haar zogenaamd medelijdende gezicht, haar krokodillentranen, haar huichelachtige sterkte-wensen. Eva had zin om overeind te komen en haar de huid vol te schelden, haar door elkaar te schudden, haar iets aan te doen, maar dat durfde ze niet. Nienke was onberekenbaar. Straks zou ze Max nog iets aandoen.

Kalmte, dat was het toverwoord. Ze moest rustig blijven, dan zou Nienke dat hopelijk ook zijn. Ze moest zorgen dat ze gebruikmaakte van Nienkes schrik om Max meteen te pakken en daarna moest ze zich uit de voeten maken. Ze blikte opzij en daarna naar achter. Daar was het bos veel dichter, het donker en de bomen zouden de perfecte beschutting vormen. Ze probeerde een plan uit te stippelen, maar dat lukte niet. Ze wilde gewoon Max terug. Daarna zou ze met hem vluchten. Als ze hem maar bij zich had, dan kwam alles goed.

Ze keek nog één keer vanuit haar verstopplek naar Nienke. Die stond nu met haar rug naar Eva toe en zong weer voor Max. Eva sloot even haar ogen, haalde diep adem en opende ze weer. In haar buik zat een bal van woede, die zich langzaam door haar hele lichaam begon te verspreiden. Ze kneep haar ogen samen. Het was genoeg geweest.

Toen kwam ze overeind.

Hoofdstuk 13

DE BLADEREN KNERPTEN ONDER HAAR VOETEN TOEN ZE eroverheen liep. Ze kroop nu niet meer, ze dook niet naar de grond. Ze hield haar rug recht, haar schouders naar achter, half in looppas.

Ze naderde Nienke tot een meter voordat die haar opmerkte. Met een ruk draaide ze zich om. Haar ogen werden groot en meteen daarna kneep ze ze samen.

Eva deed een uitval naar Max. Nienke leek even uit positie gebracht en Eva kon haar zoon aanraken, bijna vastpakken, maar toen kwam Nienke bij haar positieven en sprong meteen naar achter. Max werd wakker en begon te huilen.

'Ga weg', zei Nienke met een vreemde stem. Ze trok Max dichter tegen zich aan. Eva kon zichzelf wel voor haar kop slaan. Dit was het, het moment dat ze had moeten gebruiken. Nienke had zich sneller hersteld dan verwacht. Ze leek niet eens echt geschrokken dat Eva ineens opdook.

'Hij is van mij.' Nienkes ogen leken vuur te spuwen. 'Ga weg', herhaalde ze, en daarna begon ze sussend tegen Max te pruttelen.

'Geef hem hier.' Eva merkte dat haar eigen stem bijna grommend klonk. Het leek alsof woede haar had overgenomen. Woede en het oergevoel dat ze Max moest beschermen. Ze stak haar armen uit en keek Nienke recht aan. 'Hij is van mij. Geef hem terug.'

Nienke keek onbewogen terug. Haar enige merkbare reactie was dat ze haar wenkbrauw een paar millimeter optrok, wat haar gezicht iets spottends gaf. Eva moest haar best doen om haar niet aan te vliegen, maar ze wilde Max niet in gevaar brengen.

Nienkes stem klonk een paar octaven lager toen ze weer begon te praten. 'Hij is niet van jou', zei ze ijzig kalm. 'Dit is mijn kind en ik weet niet wie jij bent.'

'Doe normaal.' Eva's stem trilde licht van ingehouden woede. 'Geef hem terug, je hebt hem gestolen. Max is mijn zoon.'

'Max?' Nienke keek bevreemd, het leek ineens akelig oprecht. 'Hij heet Sam.'

'Wat?'

'Sam.' Nienke bracht de baby een stukje omhoog en drukte een kus op zijn voorhoofd. Het maakte Eva misselijk. Nienkes stem ging over in gekir. 'Ja, Sammie, rustig maar. Mama is hier.'

Eva kneep haar ogen even samen. Ze probeerde Nienke in te schatten, maar dat was totaal onmogelijk. Ze onderdrukte nog steeds de neiging om Max uit Nienkes armen te trekken. Nienke was ongeveer net zo sterk als zij, misschien wel sterker. Eva wilde geen gevecht om Max, waarbij ze hem pijn zou kunnen doen.

'Sam', zei ze toen, neutraal. Op dit moment was het misschien het beste om mee te praten en een nieuwe kans af te wachten.

'Ja, Sam.' Nienke keek haar niet aan. Ze leek haar te zijn vergeten of in elk geval niet interessant genoeg te vinden om nog veel aandacht aan te besteden. 'Kleine Sammie', zei ze, haar blik strak op Max gericht. Die lag in haar armen en keek opzij tussen Nienke en zijn moeder, die hij natuurlijk allang had gehoord. Hij murmelde en strekte zijn armpjes naar Eva. Die moest haar handen tot vuisten ballen om zich te bedwingen hem niet alsnog uit Nienkes armen te trekken.

'Wie is Sam?' vroeg ze toen.

Nu keek Nienke wel op, haar voorhoofd gefronst. 'Mijn kind, natuurlijk. Hij is al vijftien, hoor. Echt een grote jongen.'

Eva begreep niks van Nienkes wartaal. 'Vijftien?'

'Ja, zoiets. Of zestien.' Ze keek op, fronste weer en schudde toen haar hoofd alsof ze het raadsel maar opgaf. 'Mijn kleine Sammie.'

'Nienke...' Eva zette een stap naar voren. Nienke week meteen achteruit, zodat de afstand tussen hen niet werd verkleind. Eva kneep haar ogen samen. 'Dit is Sam niet', zei ze toen zo voorzichtig mogelijk. 'Dit is Max. Hij is mijn zoon.'

Nienke leek haar niet te hebben gehoord. Ze keek Eva aan, maar er was geen contact.

'Ik weet niet waar Sam is, maar ik weet zeker dat we hem kunnen vinden', ging Eva verder. 'Als hij al vijftien is, is hij misschien wel gewoon thuis.'

'Vijftien?' Nienke rimpelde haar neus. 'Hoe kom je daar nou bij? Hij is nog maar een baby.' Ze schudde haar hoofd en maakte klakgeluidjes met haar tong. 'Ja, jij bent nog maar een baby, hè', kirde ze tegen Max. Die had opnieuw zijn fles gekregen en was nu stil.

In haar zak klemde Eva's hand zich om haar telefoon, waar ze zonder bereik niets aan had. Ze twijfelde wat te doen. Haar enige belang was dat Max niets overkwam en als Nienke rustig bleef, had ze hem in elk geval vast. Misschien kon ze proberen de tijd te rekken. Als ze maar lang genoeg wegbleef, zou Leon haar komen zoeken, al had ze geen idee hoelang het zou duren voordat hij hen zou vinden. In de tussentijd moest ze proberen Nienke over te halen zelf naar de camping terug te gaan.

Ze schraapte haar keel en maakte een handgebaar in de richting van de schaapskooi, die groot en donker leek op te rijzen. 'Woon je hier?'

'Hm?' Nienke streek met haar vinger over Max' haartjes. Eva duwde haar nagels in haar handpalmen tot het pijn deed.

'Dit eh... huis. Is dat van jou?'

Nienke bekeek het gebouwtje alsof ze het nu voor het eerst zag. Ze schudde zacht met haar hoofd. 'Nee, niet van mij. Van Saskia.'

Eva verstarde. 'Wat zeg je?'

'Van Saskia', herhaalde Nienke. Er zat iets geheimzinnigs in haar stem, maar tegelijkertijd klonk ze monter.

'Wie is Saskia?' vroeg Eva.

Nienke grijnsde. 'Je weet best wie Saskia is.'
'Maar Saskia is... Woont ze hier?'
'Zeker weten.'
Eva draaide haar hoofd, om om de hoek van de deur te kunnen kijken. Er was een zwak schijnsel van het licht en alleen het eerste deel van de schaapskooi was zichtbaar. Er was niets anders dan een vloer begroeid met mos en een Albert Heijn-tas met wat spullen ernaast. Eva knipperde om beter te kunnen kijken in het achterste, donkere gedeelte. Ze meende de omtrekken van iets vierkants te ontwaren, maar in elk geval zag ze geen persoon.
'Ik zie haar niet.'
Nienke liet een spottend lachje horen, maar gaf verder geen reactie. Even werd de stilte alleen doorbroken door het geroep van een uil in de verte.
'Zullen we teruggaan?' vroeg Eva. 'Het is al laat.'
Nienke fronste, maar bleef naar Max kijken.
'Nienke...' Eva waagde weer een stap in haar richting, Nienke stapte opnieuw achteruit. Eva keek naar rechts en had nu beter zicht op de schaapskooi. Er was niemand. Er ging een steek door haar buik toen ze zag dat het vierkante ding een geïmproviseerd bedje was. Ze sloeg haar blik neer.
Dit was geen onbezonnen, ondoordachte actie. Hoewel dat al te bizar voor woorden zou zijn, had Eva inmiddels bedacht dat Nienke misschien was overvallen door totale verstandsverbijstering. Een psychose, dat was ook een optie. Maar wie onder invloed van een psychose zo'n absurde actie uithaalde, had die vast niet zo goed voorbereid. Er was een flesje, er was voeding, een bedje, dekens. Op de grond lag een matje en Eva zag zelfs een pak met Zwitsal-

doekjes. Hier was over nagedacht. Dat gegeven deed haar angst alleen maar toenemen.

'Nienke, wat wil je precies?' vroeg ze met een stem die ze zo vast mogelijk probeerde te laten klinken. Ze kon alleen niet voorkomen dat die trilde. Eva slikte. 'We kunnen hier toch over praten. Ik weet niet wat er is gebeurd, maar ik kan je helpen.'

'Helpen?' Nienke keek met een ruk op. 'Niemand hoeft mij te helpen.'

'Ik denk dat je een beetje in de war bent.' Eva had het gevoel dat ze tegen een kind praatte. 'En dat geeft niet, echt niet. Alleen heb je mijn kind voor iemand anders aangezien. Hij heet Max, geen Sam. En ik wil hem graag terug.'

'Wat?' Ineens reageerde Nienke als door een wesp gestoken. Haar blik boorde zich in die van Eva, haar ogen waren groot en schitterden in het licht van de maan. 'Dit is Sam en hij is van mij.'

'Nee Nienke, hij heet Max en hij is mijn kind. Ik weet niet waar Sam is, maar ik weet zeker dat we hem kunnen vinden. Ik ga je daarbij helpen, maar dan moet je wel mijn kind teruggeven.'

'Ga weg.' Nienke klemde Max steviger tegen zich aan. 'Als ik Sam niet heb ga ik dood. En dan kunnen we beter samen doodgaan.' Ze week verder achteruit, vier stappen, vijf. Eva liep mee om de afstand niet te laten oplopen.

'Nienke, ik weet zeker dat Ron je zal helpen', gooide ze het over een andere boeg. 'Hij is vast heel bezorgd om je, omdat hij niet weet waar je bent. Ik denk dat hij je al is gaan zoeken. Als hij je hier vindt, met Max...' Ze liet een stilte vallen, waarin ze hoopte dat Nienke zelf zou gaan nadenken, maar dat gebeurde niet. Het enige wat er veranderde was dat Nienkes ademhaling steeds sneller ging. Eva zag zweet parelen op haar voorhoofd. Ze drukte Max zo hard tegen zich aan dat hij begon te huilen.

'Je mag hem niet afpakken', zei Nienke weer met die schelle stem. 'Niet weer. Hij is van mij.'

'Nee Nienke, hij is mijn zoon.'

'Niet liegen!'

'Vertel me dan over Sam, dan kunnen we hem vinden', probeerde Eva. Boven alles moest ze ervoor zorgen dat Nienke bleef praten. Ze wist niet hoelang ze nu weg was, maar het moest wel een uur zijn, of langer. Leon zou nu toch wel ongerust moeten worden. Ze hoopte dat hij het bos in zou gaan en Max zou horen huilen. Dat moest in de verte te horen zijn. Ze keek langs Nienke heen, tegen beter weten in.

'Sam is weg', zei Nienke. Ze haalde haar schouders op. 'Verdwenen.'

'Waar?'

Nienke kneep haar ogen samen, schudde haar hoofd en moest toen een beetje lachen. 'Wat is dat nou voor gekke vraag? Daar praten we niet over.'

'Wie niet? Wie praten daar niet over?'

'Wij.'

'Wie zijn wij?'

Eva trilde nu over haar hele lichaam. Ze zette zich schrap voor het antwoord, maar dat kwam niet. In plaats daarvan begon Nienke te neuriën.

Zo bleven ze een tijdje staan. Nienke haalde diep adem en dacht lang na. Ze leek Eva te zijn vergeten.

Uiteindelijk deed Eva haar mond open. 'We moeten terug naar de camping. Max is moe en Ron zal zich ook wel afvragen waar je blijft.'

'Wat? Waar heb je het over?'

'Ron, je man...' Eva hield haar adem in, bang dat ze iets verkeerds had gezegd.

'O, hij', zei Nienke toen, en schudde opnieuw kort haar hoofd. 'Nee, ik denk het niet.'

Ze bleef staan waar ze stond. Eva haalde diep adem. Ze kwam geen stap verder en Nienke begon hoe langer hoe meer wartaal uit te slaan. 'Nienke, we gaan', zei ze fermer. 'Het is al heel laat en het wordt koud. We kunnen hier niet blijven.'

'Natuurlijk wel.' Nienke gebaarde naar de vervallen schaapskooi. 'We blijven hier.'

'Nee, dat doen we niet. Het is nacht en dit is geen huis. Er is geen bed, niks.' Eva gebaarde in de richting van de camping. 'Laten we maar gewoon teruggaan.'

Nienke trapte er niet in. 'Natuurlijk gaan we niet terug', zei ze ferm. 'Ik ga nooit meer terug. Mijn plek is hier, bij Sam, ik laat hem niet nog een keer in de steek. En jij...' Haar ogen schoten ineens vuur toen ze ze op Eva richtte. 'Jij bent hier alleen maar omdat je Sam wil afpakken. Je zegt dat hij van jou is, maar je liegt! Natuurlijk lieg je! Dat doe je al die tijd al!' Ze begon achteruit te lopen, sneller, harder. Toen draaide ze zich om. 'Hij is van mij! Niemand kan hem afpakken!'

'Nienke, wacht!' Het kostte Eva twee seconden om om te schakelen, toen zette ze de achtervolging in. Nienke zette koers in de richting van het water. Eva bleef haar roepen toen ze achter haar aan holde, maar Nienke reageerde niet. Max' huilen was overgegaan in krijsen. Eva verhoogde haar tempo. Dat ze haar voeten stootte merkte ze niet, dat een tak met doornen haar gezicht schampte evenmin.

'Nienke!' riep ze nogmaals, maar daarna spaarde ze haar adem. Een reactie kwam er toch niet. Ze struikelde bijna, maar hervond net op tijd haar evenwicht. De afstand tot Nienke werd kleiner. Eva negeerde de pijn in haar benen en zette nog een tandje bij.

Plotseling stond Nienke stil. Ze keek achterom, zag Eva naderen en kwam weer in beweging.

'Nienke, nee!' gilde Eva met de adem die ze nog overhad. 'Niet doen!'

Maar Nienke reageerde niet. Ze bleef stug doorlopen, het water in, Max in haar armen geklemd.

Eva holde achter haar aan het water in. Ze viel. Water drong in haar neus, golfde in haar mond. Ze hoestte, maar kwam overeind. Nienke was al een eind verder, maar Eva liep zo vlug als het water het toeliet. Ze liep in. Nog tien meter, acht, vijf.

Nienke rende voort. Ze hield Max tegen haar schouder. Eva gilde toen Nienke voorover viel en met Max helemaal onder water verdween.

'Nee!' schreeuwde ze. 'Nee!' Max mocht niet verdrinken. Dat kon niet. Niet nu, ze was zo dichtbij.

Nienke kwam weer boven. Haar armen waren leeg. Eva gilde opnieuw en begon wild om zich heen te tasten. Ze dook onder water, haar armen gingen alle kanten op. Haar voet raakte iets hards, een tak misschien.

Proestend kwam ze boven. Nienke stond al een eind verderop. Ze had haar armen om zichzelf heen geslagen. Eva rende verder. Toen zag ze Max' hoofdje nog net boven de klem van Nienkes armen uit komen. Ze schreeuwde weer, van angst en van opluchting tegelijk. Maar Max huilde niet. Dat klopte niet. Hij was net kopje-onder gegaan, hij hoorde te huilen.

'Geef hem terug', zei ze hijgend, smekend. Het lukte haar niet meer om haar stem krachtig te laten klinken. 'Hij is van mij. Doe hem niks aan, alsjeblieft.' Er welde een snik op, tranen gleden over haar wangen en vermengden zich met het koude water. 'Alsjeblieft.'

Eva's woorden losten op toen Nienke ineens begon te zingen. Het deed pijn in haar oren, het deed pijn in haar hele lijf. Ze kon niet langer wachten. Haar blik was alleen op Max gericht toen ze zich naar voren stortte. Nienkes armen voelden hard, onverzettelijk. Eva vocht, ze krabde, klauwde, schopte onder water. Ze gooide alles wat ze had in de strijd.

Ineens voelde ze hem. Haar handen sloten zich om zijn kleine lijfje. Ze trok hem naar zich toe, maar Nienke was sterker. Eva moest loslaten, Nienke sprong achteruit. Eva gilde. Ze dacht dat ze Max hoorde, maar ze wist het niet zeker, er was nu zoveel geluid.

Ze vocht door voor haar kind. Ze was zo dichtbij, ze zou niet opgeven. Nienke was sterk, maar Eva haalde een kracht uit zichzelf die ze zelf ook niet kende. Nienke probeerde haar af te weren, weg te duwen, onder water zelfs, maar Eva duwde terug en probeerde opnieuw om Max te pakken. Nienke liet zich vallen en even dreigde Max opnieuw onder water te verdwijnen, maar Eva sprong naar voren en trapte uit alle macht met haar voeten. Ze raakte iets hards, Nienke schreeuwde en haar grip op Max verslapte. Dat was het moment dat Eva toesloeg.

Met een wilde beweging trok ze hem tegen zich aan. Ze

sloot haar armen om hem heen, drukte hem bijna fijn en begon voor zover het water het toeliet naar de kant te rennen. Een paar keer moest ze springen, crawlen. Instinctief hield ze Max boven zich toen ze zelf kopje onder ging. Hoestend kwam ze boven, haar ademhaling hard en gierend. Ze ontweek een uitval van Nienke en bereikte het strandje. Zonder om te kijken begon ze te rennen, harder, nog harder. In haar armen krijste Max uit alle macht. Eva huilde ook, maar dat was van opluchting over het geluid van haar zoontje.

Ineens was er licht. Eva registreerde het, maar reageerde niet. Alles in haar schreeuwde dat ze vooruit moest, niet stoppen. Nienke moest vlak achter haar zijn.

'Eva!' Het klonk als een kreet door de stille nacht. Ze dacht dat haar oren haar bedrogen. Die suisden van angst en van het rennen. Ze bleef niet staan, dat kon ze zich niet veroorloven.

'Eva! Kom hier!' Opnieuw haar naam. Ze leek wakker te worden uit een soort trance. Ze kende die stem. Ze minderde vaart en knipperde. Er was een auto, koplampen als grote spotlights in het donkere bos. Het volgende moment voelde ze twee armen om zich heen, die haar bijna fijnknepen. Leon schreeuwde en huilde, ze ging meedoen. Langzaam kwam het besef binnen. Haar knieën beefden ineens zo hard dat ze niet meer rechtop kon blijven staan.

Max was veilig.

'In het water!' Mannenstemmen klonken om haar heen. Er piepten en ruisten portofoons. 'Verdachte heeft zich teruggetrokken in het water. Niet vuurgevaarlijk.' Iemand riep om versterking.

De woorden gingen langs haar heen. Het enige wat telde was Max tegen haar aan en Leons armen om hen allebei heen. Ze rilde, maar merkte zelf amper dat ze het koud had in haar natte pak.

Er kwam een agent aanrennen. 'De ambulance is onderweg!' riep hij. 'Uw zoontje moet in een isolatiedeken.' Hij had iets in zijn hand wat op een stuk aluminiumfolie leek en reikte tussen haar en Leon in. Leon liet haar los, Eva zette een stap achteruit. De agent pakte Max van haar aan en wikkelde hem in de zilverkleurige deken. Zijn collega kwam aan met nog zo'n deken, die hij aan Eva gaf. Ze stond ermee in haar hand, een beetje verdoofd. Leon pakte hem van haar aan en wikkelde hem om haar heen. Daarna pakte hij Max aan van de politieagent en drukte hem dicht tegen zich aan. Er kwamen meer auto's aan, koplampen, zwaailichten.

Leons stem klonk raar verwrongen toen hij begon te praten. 'Ik dacht... Ik wist niet...' Hij keek naar Eva en schudde zijn hoofd. 'Ik was zo bang. Je kwam maar niet terug en... Ik begrijp nog steeds niet wat er precies is gebeurd.'

Eva wilde het hem wel vertellen, maar in haar hoofd was het chaos. Het was alsof al haar zintuigen openstonden en ongefilterd prikkels doorlieten. Het lukte haar nu niet om terug te denken, alsof haar brein de gebeurtenissen automatisch even had geblokkeerd tot een later moment.

Eva keek om zich heen. Er was een kakofonie van lampen, geluiden, mensen die heen en weer liepen. Drie politieauto's waren het bos in gereden en stonden op een paar meter van elkaar geparkeerd, hun koplampen als schijnwerpers. Er stonden ook nog twee donkerblauwe Volvo's, hetzelfde soort als Eva eerder bij hun huisje had gezien.

Ze zag rechercheurs die ze vandaag had gesproken, met elkaar overleggen. Vier agenten stonden verderop op het strandje. Ze kon niet zien wat er precies gebeurde, maar te oordelen naar wat ze net had gehoord, was Nienke nog steeds in het water.

Het geluid van een automotor zwol aan en een nieuwe set koplampen voegde zich bij de politiewagens. Verblind door het licht ving Eva een glimp op van een felgele kleur. Meteen rende er een agent naar haar toe. 'De ambulance is er.'

Het was drie stappen lopen, maar Eva was blij dat iemand hen meenam. Het lukte haar nog steeds niet om te midden van al die lampen en geluiden zelf na te denken. Leon liep vlak achter haar, Max nog altijd tegen zijn borst gedrukt. Het folie van de deken kraakte toen Eva in de ambulance werd geholpen. Ze knipperde tegen het felle licht in de auto.

'Ga hier maar even zitten', zei de man en hij hielp Eva plaats te nemen op een stoel. Daarna pakte hij Max van Leon aan en legde hem op de brancard. Eva trok de deken strakker om zich heen.

'Gaat het?' vroeg de verpleegkundige. Eva knikte en hij richtte zich als eerste op Max, die onder de deken om zich heen lag te kijken. Eva boog zich naar hem toe en drukte kusjes op zijn hoofd, terwijl ze geruststellend tegen hem praatte. Leon had zich erbij gewurmd in de krappe ambulance en hield Max' handje in de zijne. De verpleegkundige checkte zijn hartslag en temperatuur en luisterde naar zijn longen. Daarna keek hij Max' lijfje helemaal na, maar vond geen kneuzingen of breuken. 'Volgens mij is hij er goed vanaf gekomen', zei de man. Daarna richtte hij zich op Eva, maar los van de enorme schrik en angst mankeerde ook zij gelukkig niets.

‘Hier zijn droge kleren. Ik ben maar zo brutaal geweest gewoon iets uit jullie huisje mee te nemen.’ Een agente dook op en overhandigde Eva een stapeltje van haar eigen kleding. Er zat ook een setje voor Max bij en ze had zelfs een luier meegenomen.

‘Wat lief’, zei Eva en zonder reden gleed er ineens een traan over haar wang. De agente legde even haar hand op Eva’s schouder en knikte in de richting van Max. ‘Ik heb zelf een zoontje van zijn leeftijd. Wat moet je bang zijn geweest.’

Het kleine, persoonlijke gebaar raakte Eva. Nu er één traan leek te zijn losgeraakt, was het alsof die de weg baande. Ineens begon ze te huilen, met schokkende schouders maar zonder geluid te maken. Leon zat bij haar met zijn armen om haar heen. Langzaam werd ze rustig.

De verpleegkundige deed de deur van de ambulance dicht zodat Eva haar droge kleding kon aantrekken. Ze ging weer zitten en verruilde de isolatiedeken voor een gewone. Leon had intussen Max’ natte kleding verruild voor het droge goed. Daarna deed de verpleegkundige nog een paar kleine onderzoeken en knikte tevreden. ‘Het ziet ernaar uit dat deze kleine man er inderdaad niks aan heeft overgehouden. Hij is alweer mooi op temperatuur.’

‘Thank God’, zei Leon. Hij haalde diep adem, keek naar Eva en liet de lucht toen ontsnappen. Met hun blikken in elkaar gehaakt, schudden ze allebei hun hoofd. Geen van beiden kon het geloven.

‘Mevrouw Van Riemsdijk?’ In de deuropening van de ambulance verscheen een agent die Eva vandaag nog niet eerder had gezien. Op de achtergrond zag ze Wim Herder heen en weer lopen, druk aan de telefoon. Leon stuurde de agent weg met de vraag of de verklaring nog even kon wachten. Eva wilde naar het huisje, en het liefst vanavond nog naar Amsterdam.

Ineens klonk er een vrouwenstem, hard en vastbesloten.

'Dat zijn mijn dochter en mijn kleinzoon, en ik wil ze zien.'

'Maar mevrouw, ze...'

'Eva!'

Er rammelde iemand aan de deur van de ambulance. Van binnenuit deed Eva hem open en sprong eruit, waarbij haar deken op de grond viel. Ze begon weer te huilen. 'Mama!'

Ze vloog haar moeder om haar nek, terwijl haar schouders ongecontroleerd schokten. Leon kwam erbij staan en omhelsde hen allebei. Zo bleven ze even staan.

Eva maakte zich los en omhelsde ook haar vader, die onhandig aan kwam lopen met zijn krukken. 'Papa, ik...' Ze stokte omdat ze niet wist wat ze moest zeggen. Uiteindelijk omhelsde haar vader haar opnieuw en zei wat sussende woordjes, alsof ze ineens weer acht was.

'O Maxie...' Haar moeder begon opnieuw te huilen toen ze haar kleinzoon zag. 'Arme schat.'

Leon had Max in een normale deken gewikkeld en hield hem in zijn armen. Eva maakte zich los uit haar vaders omhelzing en pakte haar zoontje aan. Ze duwde haar neus in zijn haartjes. Max was moe en legde zijn hoofdje trouwhartig tegen haar schouder, zijn neusje zacht snuivend in haar nek. Ze sloot haar ogen.

'Laten we naar het huisje gaan', zei Leon. 'De politie wil dat je een verklaring aflegt, maar dat kan daar ook wel.'

Eva knikte. Toen keek ze om zich heen. 'Waar is...' Ze knikte in de richting van het water. 'Waar is Nienke?'

'Ze proberen haar uit het water te halen', zei Leon. Zijn stem had meteen iets hards. 'Laten we gaan, ik wil haar niet zien.'

'Ik ook niet.' Eva draaide zich resoluut om. Naast hen stonden twee agenten, ze hoorde hen praten.

'Ze komt er niet uit. Ze staat alleen maar water over zichzelf heen te gooien.'

Eva hoorde agenten roepen, een stukje verderop. 'Nienke, we willen met je praten.' De vrouwelijke agent was aan het woord. 'We willen je helpen.'

Het was alsof Eva zichzelf hoorde praten, eerder die avond. Net als toen reageerde Nienke er nu blijkbaar ook niet op.

'Ze zegt alleen maar dat ze schoon moet worden', hoorde Eva een agent zeggen.

De agenten bleven het op verschillende manieren proberen, maar Nienke leek het contact met de buitenwereld volledig te zijn verloren. Eva's blik viel op Ron, die een stukje verderop stond en zijn vrouw ook riep. Ze stokte en keek naar hem, terwijl hij zijn blik op het water had gericht. Misschien had hij geweten van de andere kant van zijn vrouw, maar ze kon zich niet voorstellen dat hij alles wist, dat hij vandaag de hele tijd wist waar Max was en het niet had gezegd.

Eva trilde bij de gedachte aan Nienke. Ze moest zichzelf inhouden om niet terug te gaan en Nienke hoogstpersoonlijk onder water te duwen.

'We gaan erin om haar te halen', hoorde ze de mannelijke agent tegen zijn collega zeggen.

Eva draaide zich om, ze had genoeg gehoord. Ze wilde nu alleen maar weg.

Hoofdstuk 14

EVA SCHROK VAN DE DICHTVALLENDE AUTOPORTIEREN. Haar koffie golfde bijna over de rand en ze moest het kopje neerzetten op de tuintafel. Daarna haalde ze diep adem. Ze schrok nog steeds van elk geluid. Volgens de psycholoog van de politie met wie ze vanochtend had gesproken, zou dat nog best een tijdje kunnen aanhouden. Het was pas eergisteren dat het allemaal was gebeurd, het was nog heel vers. De eerste nacht had ze sowieso amper geslapen. Ze hadden Max' bedje natuurlijk op hun eigen kamer gezet en Eva was elk halfuur wakker geschrokken. Dan had ze even gekeken, Max' hoofdje geaaid en was ze weer in bed gekropen. De tweede nacht was het iets beter gegaan, toen was ze nog maar om het uur wakker geworden.

Eva hoorde stemmen bij de voordeur, die van Leon en nog een paar die ze niet kende. Politieagenten, waarschijnlijk. Gisteren waren haar ouders er nog geweest, maar die waren in de middag vertrokken. Eva wilde dat graag, ze wilde rust. Leon en zij waren met Max naar de hei gereden en hadden een lange wandeling gemaakt. Het was fijn geweest om met z'n drieën te zijn.

Eva ging verzitten en luisterde weer, maar de stemmen kwamen niet dichterbij. Het liep tegen de middag en ze had vanochtend alweer met de politie gepraat. Ze had de avond dat het was gebeurd al een verklaring afgelegd, maar natuurlijk waren er nog tientallen aanvullende vragen geweest. Eva begreep het en wilde ook dat het onderzoek zo snel en volledig mogelijk gedaan kon worden, maar boven alles wilde ze rust.

Ze had zich eigenlijk voorgenomen meteen terug te keren naar Amsterdam, maar Leon had voorgesteld toch in Drenthe te blijven. Eerst had ze als bezwaar ingebracht dat ze niet kon blijven op een plek die vol herinneringen lag, maar Leon had haar voorgehouden dat die herinneringen vooral in haar hoofd zaten en dat ze er ook thuis niet aan kon ontsnappen. Dat zou ook niet goed zijn, had hij gezegd. Ze moest de herinneringen niet wegstoppen, maar moest er juist dwars doorheen. En als dat niet lukte, zouden ze een psycholoog voor haar zoeken, had hij er meteen bij gezegd. Het was fijn dat ze op hem kon steunen. Dat hij niet wegliep voor problemen, maar er samen met haar doorheen ging. Ze konden ook gewoon naar huis gaan en het er niet meer over hebben, maar zo zat Leon niet in elkaar en dat was fijn.

Thuis zouden ze ook meteen weer in het leven van alledag worden opgenomen, terwijl ze hier juist in alle rust konden verwerken wat er was gebeurd. Eerst had Eva dat voorstel afgewezen, maar toen ze de eerste nacht niet kon slapen, was ze van gedachten veranderd. Hoe lief het ook was dat alle vrienden die ze hadden geappt wat er was gebeurd, meteen hadden aangeboden naar hen toe te komen, Eva wilde eigenlijk niemand zien. Ze had al haar energie nodig voor zichzelf, Max en Leon. Als ze thuis waren, zou het onmogelijk zijn om iedereen buiten de deur te houden. Hier in Drenthe lukte dat wel. Het zou fijn zijn nog minstens een week met z'n drieën te zijn.

Nadat ze op de hei hadden gelopen, waren ze even bij Ron geweest. Hij had niet veel gezegd, behalve dat het hem enorm speet en dat hij dit ook allemaal niet had geweten. Eva geloofde hem. Daarna was de politie nog langsgekomen in het huisje met een update, maar eigenlijk wisten ze nog niet zoveel. De psychiater had inmiddels gezegd dat Nienke een psychose had, en eigenlijk sloeg ze alleen nog maar wartaal uit. Diezelfde psychiater had haar gedrag geanalyseerd en daar wat voortijdige conclusies uit getrokken, die eerst verder onderzocht moesten worden voordat de politie er ook maar iets mee kon. Misschien zouden ze vandaag met meer info komen, had Wim Herder gisteren gezegd. Maar dat wist hij nog niet zeker.

'Eva?' Leon kwam via de achterdeur naar buiten, op de voet gevolgd door twee mannen van de politie. Het waren hoofdagent Herder en rechercheur Van Louwen.

Ze stond op en schudde het tweetal de hand. Ze had het gevoel dat ze de afgelopen dagen meer handen had geschud dan in het hele afgelopen jaar. 'Goedemorgen', zei ze, terwijl ze zich realiseerde dat ze geen idee had hoe laat het was.

'Middag', zei Leon. 'Het is één uur.'

'Ik ben het besef van tijd een beetje kwijt.'

'Logisch', vond Wim Herder. 'Er is ook zoveel gebeurd.' Hij gebaarde naar binnen. 'Zullen we even daar gaan zitten? Dan kunnen we rustig praten.'

Eva knikte en volgde hen. Ze keek even bij Max die in de wagen lag. Hij was diep in slaap. Daarna ging ze naast Leon op de bank zitten, de agenten namen tegenover hen plaats. Wim Herder vouwde zijn handen, keek er even naar en haalde toen diep adem. 'De reden dat we hier zijn, is dat Nienke vanochtend is verhoord. Daarbij heeft ze dingen verteld die op dit moment geverifieerd worden, maar we hebben sterke redenen om aan te nemen dat het de waarheid is.'

Eva's oren begonnen te suizen. Ze had het gevoel dat de man heel veel zei zonder echt iets te zeggen, maar het lukte haar niet om de volle omvang van zijn woorden te vatten. 'Wat bedoelt u precies?'

Van Louwen nam het woord. 'Toen we haar uiteindelijk uit het water konden halen was Nienke heel erg in de war, zoals jullie weten. We hebben toen al geprobeerd haar te verhoren, maar dat had geen zin. De psychiater heeft gisteren uiteindelijk enige medicatie voorgeschreven zodat ze rustig werd, en vanochtend was ze aanspreekbaar.' Hij trok met zijn mond. 'Ze is nu gekalmeerd en lijkt helder. Ze heeft ons dingen verteld.'

Eva zette zich schrap. Aan alles was te merken dat de politieman zocht naar een manier om een moeilijke boodschap zacht te laten landen. Max begon zachtjes te pruttelen en Leon haalde hem uit de wagen. Daarna sliep Max rustig verder in zijn armen.

'Ten eerste heeft ze ons een inkijk gegeven in wat er

allemaal in haar hoofd omgaat', zei hij, waarna hij zijn keel schraapte. 'Heel veel daarvan zijn losse flodders, waar we op dit moment niet al te veel mee kunnen, maar die wel duidelijk maken hoe ze tot haar daad is gekomen.'

'En wie ze denkt dat Max is?' vroeg Eva. Ze had gisteravond al verklaard dat Nienke Max de hele tijd Sam noemde.

'Ja, ook. We hebben haar gevraagd wie Sam is en daar heeft ze antwoord op gegeven.' Hij knipperde even. 'Kort gezegd komt het erop neer: Sam bestaat niet. Er loopt, voor zover we nu weten, niet ergens een kind van Nienke rond met al dan niet de naam Sam. Uit haar verklaringen maken we op dat ze hem heeft verzonnen. Waarom ze dat heeft gedaan weten we nog niet. Maar we weten inmiddels wel dat Nienke heel erg in de war is en we hebben ook een vermoeden van het trauma dat daaraan ten grondslag ligt.' Hij haalde diep adem. 'Ik leg het uit. Naar aanleiding van Nienkes gedrag in het water ontstond bij onze psychologische experts het vermoeden dat er weleens sprake zou kunnen zijn van een zedendelict.'

Eva schrok van die term. Met grote ogen keek ze de agenten aan.

'Met zulke aannames moet je natuurlijk altijd ongelooflijk voorzichtig zijn', ging Van Louwen met zachte stem verder. 'Maar het schoonwassen, keer op keer, als een dwangmatige beweging, is iets wat je vaak ziet bij slachtoffers van dergelijke misdrijven. Ze willen als het ware de herinneringen van zich afspoelen en zeker als ze onder druk staan, blijven ze dat maar herhalen. Daardoor werden onze experts op een bepaald been gezet. Daarover is vanochtend verder gepraat met Nienke.' Hij haalde diep adem en knikte. 'Vervolgens heeft ze verklaard dat ze als kind inderdaad slachtoffer is geweest van een zedendelict. Niet eenmalig, maar over een periode van meer dan acht jaar, ongeveer vanaf haar negende jaar.'

'Wat?' Eva's mond viel open. Naast haar verging het Leon hetzelfde. 'Maar dat is...' Eva zocht naar een woord, maar vond niks. 'Ongelooflijk', verzuchtte ze toen.

'Ja.' De agent knikte half, alsof hij zelf ook niet kon geloven wat hij had gehoord. 'En Nienke heeft ons ook verteld wie volgens haar de dader is.'

Er liep een rilling over Eva's rug. 'Werkelijk?'

Opnieuw dat knikje. 'Het is natuurlijk niet gezegd dat diegene die zij aanwijst ook de dader is, maar in ieder geval hadden we genoeg grond om hem naar het bureau te laten komen. Dat hebben we inmiddels gedaan, hij wordt momenteel verhoord.'

'Wie is het dan?' vroeg Eva. Zacht, alsof ze de vraag eigenlijk niet wilde stellen en het antwoord niet wilde horen.

De agent haalde diep adem. 'Dat is...' begon hij, om vervolgens weer stil te vallen. Hij schudde zijn hoofd. 'Dat is haar vader.'

Eva was te zeer uit het veld geslagen om iets te kunnen zeggen. Ze hield haar hand voor haar mond en keek heen en weer tussen de agent en Leon. 'Echt?'

Er viel een stilte die zwaar was van de schok en spanning. Eva probeerde te bevatten wat ze net had gehoord, maar dat lukte helemaal niet.

'Maar hij...' begon Leon, zonder die zin af te maken. Uiteindelijk hervond hij zijn stem en zei: 'Wat verschrikkelijk.'

'Er is natuurlijk nog geen bewijs', benadrukte Wim Herder. 'Maar door wat Nienke ons heeft verteld gaan we er wel vanuit.' Hij slikte en likte aan zijn lippen. 'De inhoud van het gesprek is uiteraard vertrouwelijk, maar als ze ons de waarheid vertelt, is het een trauma van heel grote omvang.'

'O mijn God.' Eva legde haar hoofd in haar handen. 'Ik kan niet geloven dat ik het nooit heb gezien of gemerkt. Ik was hier iedere vakantie. Ik had...' Ze schudde haar hoofd. Ze wist niet wat ze had moeten doen. Beter opletten? Beter naar Nienke luisteren?

'Het is niet waarschijnlijk dat ze er ooit iets over heeft gezegd', zei Van Louwen toen Eva dat laatste hardop zei. 'Ze was en is doodsbang voor haar vader. Die zette haar ook onder druk om haar mond te houden. Hij heeft haar bedreigd en gezegd dat hij haar en haar moeder en broer zou vermoorden als ze iets zou zeggen.' Hij schudde zijn hoofd, alsof hij zelf de wreedheid van deze woorden niet kon geloven. 'Natuurlijk was ze verschrikkelijk bang voor hem, zeker nadat Saskia Thijssing was verdwenen.'

Eva schrok, opnieuw. 'Nienke noemde haar naam eergisteren. Heeft haar verdwijning hiermee te maken?'

De agenten keken naar elkaar. 'Dat vermoeden bestaat', zei Wim Herder toen. 'Nienke heeft aan ons hetzelfde verteld als aan jou: dat Saskia in de oude schaapskooi woont. Wat er exact is gebeurd hebben we op dit moment nog niet duidelijk. Misschien heeft het iets te maken met de vader van Nienke, misschien heeft ze in haar hoofd allerlei dingen aan elkaar gelegd die niks met elkaar te maken hebben.'

Eva dacht na. De vreemde herinnering van de man bij

het water kwam weer bij haar naar boven. Ze deelde hem met de agenten, maar zei er meteen bij dat die pas later in haar hoofd was verschenen. 'Zou het kunnen dat ik destijds toch iets heb gezien?'

Wim Herder haalde zijn schouders op. 'Het brein is een ingewikkeld systeem', zei hij. 'Wie weet, maar het kan ook iets zijn wat je uiteindelijk bent gaan geloven omdat er zoveel over in de media is geweest. En op de camping was het natuurlijk ook het gesprek van de dag.'

'Ik heb het aan Nienke verteld', herinnerde Eva zich toen ineens. 'Misschien heb ik daarmee wel een heel gevoelige snaar geraakt.'

'Dat zou kunnen.' De man knikte. 'Maar we weten natuurlijk niet precies welke informatie Nienke wel en niet heeft, en of de dader weleens iets heeft verteld. We hebben nog honderden vragen aan haar, maar we kunnen haar op dit moment niet uren achterelkaar verhoren. We gaan af op wat de psychiater zegt en die hamert erop dat we haar vooral voldoende rust moeten geven.' Hij keek even naar zijn collega. 'We willen ook heel graag weten waarom ze Max uiteindelijk heeft meegenomen, maar ook daar hebben we nog geen antwoord op. Het zal echt nog wel een tijd duren voordat we Nienke al onze vragen kunnen voorleggen. En we moeten er ook rekening mee houden dat die niet allemaal beantwoord zullen worden.'

Eva knikte. De agenten keken opnieuw naar elkaar. 'Voor dit moment zijn we even door onze informatie heen. We gaan terug naar het bureau.' Ze stonden gelijktijdig op. 'Als we nieuwe informatie hebben, komen we hier weer naartoe.'

Even later klonk het geluid van een auto die verdween in

de verte. Eva en Leon zaten naast elkaar op de bank, geen van beiden zei iets. Er viel gewoonweg niks te zeggen. Max was weer wakker geworden en lag te brabbelen. Dat vrolijke geluid detoneerde zo bij alles wat ze net hadden gehoord, dat Eva alleen maar haar ogen kon sluiten en haar hoofd kon schudden.

Het was stil. Eva zat opnieuw in de tuin. Het liep tegen vieren en Max lag te slapen in de kinderwagen.

Ze keek op toen ze een beweging zag en schrok zo erg dat haar hart omhoog leek te springen. Ron was er. Hij was om het huisje heen gelopen en stond nu onbeholpen met zijn handen in zijn zakken aan de rand van het terras. 'Verslagen' was het woord dat bij Eva opkwam. Automatisch kwam ze overeind en sloeg haar armen om hem heen. Medelijden, dat was het enige wat ze voelde. Ron kon er ook niks aan doen.

'Wat een nachtmerrie', zei hij uiteindelijk, toen Eva hem had losgelaten. Leon liep op hem af en begroette hem met een omhelzing en wat klappen op zijn schouder. Daarna schoof hij een stoel bij. 'Wil je iets drinken?'

'Nee, ik ben zo weer weg.' Ron leek zich ongemakkelijk te voelen. Eva gebaarde naar een stoel, Ron ging op het puntje zitten.

Er viel een stilte, Eva wist even niet hoe ze die moest opvullen. Ron leek in gedachten. Uiteindelijk likte ze aan haar lippen, schraapte haar keel en zei het maar gewoon. 'Nienkes vader...'

Ron kromp een beetje ineen. 'Ja.'

Weer viel er een stilte. Rons gezicht had iets verlorens, alsof de basis onder hem vandaan was geslagen, wat misschien ook wel zo was. Uiteindelijk haalde hij diep adem en rechtte zijn rug een beetje. 'Ik weet gewoon niet wat ik ermee moet. Nienke is zo in de war. Misschien roept ze gewoon maar wat? Misschien is het waar? Ik weet het echt niet.'

'Ik denk dat het goed is om het politieonderzoek maar gewoon af te wachten', zei Eva. 'Heb je Nienke gezien?'

Hij knikte. 'Die avond, toen ze in het water was. En gisteravond en vanochtend ook, maar dat was maar heel even. Ze herkende me wel, maar ze is helemaal afgesloten. Ze keek me aan, maar ze zei niks.' Hij slikte bij de herinnering. 'Ik kan gewoon niet geloven dat ik nooit heb gezien wat er aan de hand was. Ik bedoel, ik wist wel dat ze geen leuke jeugd heeft gehad. Het contact met haar ouders is stroef en ze heeft me verteld dat ze zich altijd het buitenbeentje heeft gevoeld, maar dit...' Hij sloeg op de leuning van de stoel. 'Ik ben haar mán, ik had het moeten zien.'

Eva schudde haar hoofd. 'Je moet jezelf geen verwijten maken. De politie heeft ons vanochtend verteld dat Nienke doodsbang was voor haar vader en daarom alert is geweest om niks los te laten. Als dat een manier van leven wordt, kom je er als buitenstaander bijna niet meer doorheen, denk ik.'

Ron snoof diep. 'Ja, dat zeiden ze tegen mij ook. Maar dan nog... En ook: mijn schoonvader! Dat had ik toch op z'n minst moeten merken?' Hij slikte. 'Ik heb altijd een vreemd gevoel gehad bij hem, dat wel. Vroeger al. Als hij bij het zwembad of op het strand was, had hij altijd wat van die meisjes om zich heen, van een jaar of zestien, zeventien. Achteraf realiseer ik me pas echt dat dat niet klopte. Saskia was er ook bij.'

Eva herinnerde zich dat ook wel, al had ze er toen nooit acht op geslagen. 'Denk jij dat hij ook iets met de verdwijning van Saskia te maken heeft?'

Ron keek aarzelend. 'Ik weet het niet. De politie gaat dat nu wel onderzoeken natuurlijk. Maar dat is voor mij van later zorg, ik ben nu alleen maar met Nienke bezig.'

'Ik sta er natuurlijk veel verder vanaf', zei Eva. 'Maar ik denk ook de hele tijd: als ik het maar had gezien, vroeger, dan had ik Nienke misschien kunnen helpen. Maar zo eenvoudig is dat natuurlijk niet.'

'Er is nog iets.' Ron aarzelde zichtbaar. 'Ik vond de laatste tijd juist dat het goed met haar ging', zei hij toen. 'Ze is een tijdje depressief geweest en heeft zelfs medicijnen geslikt, maar daar was ze mee gestopt omdat ze graag zwanger wilde worden. Dat lukte alleen niet en dat frustreerde haar. Ze was er misschien wel door geobsedeerd. En wat ik niet wist, is dat ze het feit dat zwanger worden lang duurde, waarschijnlijk is gaan beschouwen als haar straf.'

Eva fronste. 'Hoe bedoel je?'

Ron beet op zijn lip. 'De politie heeft me dit verteld, maar ik...' Hij zweeg en schudde zijn hoofd.

Eva zei niks, Leon ook niet. Ron leek even zijn gedachten te moeten ordenen voordat hij verder kon praten. 'Nienke was al een keer zwanger geweest.'

Eva begreep het niet. 'Hoe bedoel je?'

Ron liet zijn gezicht even in zijn handen steunen. 'Op haar zeventiende heeft ze een abortus ondergaan, omdat ze zwanger was van haar eigen vader.'

De stilte die volgde was diep en zwaar. Eva probeerde de omvang van de woorden van Ron te laten doordringen, maar dat lukte niet echt. 'Ongelooflijk', verzuchtte ze uiteindelijk.

'Het vermoeden bestaat dat de Sam waar ze het over had, onder andere het kind is dat ze toen heeft laten weghalen. Maar er speelde wel meer in haar hoofd. Daardoor is ze Max eraan gaan linken. Ze is dingen gaan zien die er niet waren. Onze afspraak in Amsterdam... Toen jullie hier met Max kwamen, is er iets bij haar getriggerd. Een van die dingen is dat ze is gaan geloven dat Max eigenlijk mijn kind is. Dat wij...' Hij blikte even naar Eva en schudde zijn hoofd bij het idee. 'Dat wij met elkaar naar bed zouden zijn geweest en dat ik dus de vader van Max zou zijn. Absurd, natuurlijk. Nog los van alles zou je dan meer dan tien maanden zwanger geweest moeten zijn.'

'En daarom heeft ze juist Max meegenomen?' vroeg Eva ongelovig. 'Omdat ze vond dat ze recht op hem had omdat hij jouw kind was?'

'Zoiets ja. Althans, dat is wat de psycholoog van de politie vooralsnog als motief geeft.' Ron hief zijn handen in een hulpeloos gebaar. 'Ze heeft ook verteld dat ze Max weg wilde hebben. Ze heeft hem zelfs eten gegeven dat niet goed was en ze heeft zijn kinderwagen naar het vuur geduwd.' Hij beet op zijn lip en keek eerst naar Eva en daarna naar Leon. 'Het spijt me zo verschrikkelijk dat ik niet beter heb opgelet. Dat Max daardoor in gevaar is gekomen.'

Eva wist even niet wat ze moest zeggen. Ze dacht aan toen Max ziek was en het moment bij het kampvuur, maar liet die gedachten ook weer gaan. Later, dat was iets om later over na te denken.

'Ik begrijp het niet', zei ze nadenkend. 'Ze moet dan van het ene op het andere moment wel heel erg in de war zijn geweest. Eerst kon ze heel normaal doen, en toen ineens was ze zo boos dat wij in haar ogen haar baby hadden gestolen, dat ze hem midden in de nacht meenam.'

Ron trok met zijn mond. 'Ik begrijp het ook niet. Twee gezichten zijn het. Misschien heeft ze het daarom ook zo lang kunnen volhouden. Omdat ze ook heel goed kan doen alsof er niks aan de hand is.'

Leon keek nadenkend. 'Maar ik begrijp nog steeds niet dat ze Max de hele dag heeft kunnen verbergen. We hebben haar zelfs nog gezien.'

'Ik heb daar lang over nagedacht', zei Ron. 'Ik merkte wel dat ze die nacht uit bed ging. Ze zei dat Beest onrustig was en dat ze even bij hem ging kijken. Daarna ben ik weer in slaap gevallen en toen ik wakker werd, was ze er niet. Maar dat gebeurt weleens vaker, ze is vaak vroeg wakker en gaat dan met de hond wandelen.' Hij sloot zijn ogen alsof hij zijn herinneringen heel nauwkeurig wilde terughalen. 'Ze heeft het echt goed voorbereid, zei de politie. Want ze heeft Max overdag in het huis van een vriendin ondergebracht. Die is op vakantie en Nienke deed de post. Daar had ze een bedje klaargezet en wat voeding en flesjes. 's Avonds heeft ze hem verplaatst naar de schaapskooi, zodat het huis van haar vriendin weer stil en donker zou zijn en niemand argwaan zou krijgen. Die schaapskooi was overdag allang doorzocht door de politie en zij ging er natuurlijk van uit dat ze dat 's avonds niet nogmaals zouden doen.'

Eva knikte. Dat had de politie hun ook verteld.

'Gedurende de dag is ze heel vaak bij hem geweest', ging Ron verder. 'Ik heb niet gemerkt dat ze zoveel weg was. Het was sowieso een rare dag en ik had allerlei dingen aan mijn hoofd. Nienke in de gaten houden was er niet een van. En 's avonds zei ze dat ze de dieren eten ging geven. Dat deed ze elke avond en dan bleef ze wel vaker wat langer weg, omdat ze met een gast stond te praten bijvoorbeeld. Ik was in het restaurant, ik heb het niet gemerkt.' Hij knipperde een paar keer. 'Ongelooflijk hoeveel er langs je heen gaat als je er niet op bedacht bent dat er iets aan de hand is.'

Eva knikte. Zelf had ze ook niets aan Nienke gemerkt. Toen Max ziek was, was Nienke juist heel behulpzaam geweest. En ook die keer toen ze samen in het bos waren gaan lopen, had Eva geen seconde iets vreemds opgemerkt.

Ron zweeg even. Daarna schudde hij zijn hoofd. Eva deed hetzelfde. Wat ze had gehoord was veel te veel om in één keer te bevatten. En misschien zou dat wel nooit lukken.

Hoofdstuk 15

'EINDELIJK THUIS.' EVA DEED DE DEUR VAN HET APPARTEment open en snoof de geur van haar eigen huis in zich op. Daarna liep ze naar de woonkamer, zette haar tassen neer en opende de deuren van het Franse balkon om de zomerlucht binnen te laten. Ze keek naar buiten. De vertrouwde geluiden van de straat vulden haar oren.

Leon was achter haar aan gelopen en zette de maxicosi op de grond. Eva draaide zich om om Max eruit te halen. Het jongetje was net wakker geworden en keek vrolijk om zich heen.

Leon liep een paar keer heen en weer om de belangrijkste spullen uit de auto te halen. 'De rest doe ik straks wel', zei hij. 'Eerst maar eens wat drinken.'

Het liep tegen het eind van de middag en Eva schonk voor hen allebei een glas wijn in. Daarna gingen ze op de bank zitten, Max op haar schoot. Het was vandaag precies een week geleden dat Nienke hem had meegenomen. Het was fijn geweest om nog een aantal dagen samen in Drenthe te zijn, maar uiteindelijk had zowel Eva als Leon graag naar huis gewild en dus waren ze vertrokken. Vanochtend hadden ze Ron nog gedag gezegd. Hij zag er verschrikkelijk slecht uit. Ze had hem gevraagd hoe het nu met Nienke ging en hij had verteld dat ze haar naar een psychiatrisch ziekenhuis hadden overgebracht. Het onderzoek naar haar vader en naar een mogelijk verband met Saskia Thijssing was in volle gang, maar daarover liet de politie niet zoveel los. Eva en Leon hadden officieel aangifte gedaan tegen Nienke. Eva had nog even getwijfeld of ze dat wel moesten doen. Na alles wat ze had gehoord voelde ze naast woede ook medelijden voor Nienke. Maar Leon was stellig geweest: als Nienke werd vrijgelaten, zou hij nooit rustig kunnen slapen, had hij Eva voorgehouden. Wat als ze alsnog op Max uit was? Ze was knettergek, had hij gezegd. En daar kon Eva hem alleen maar gelijk in geven.

Ze hadden afscheid genomen van Ron met de belofte dat ze over een tijdje weer langs zouden komen, al wist Eva niet of ze dat echt zouden doen. Het liefst wilde ze nooit meer op die plek komen.

Ze nam een slok van haar wijn en zette haar glas terug. Daarna trok ze Max dichter tegen zich aan. Leon sloeg zijn arm om haar schouder en drukte zijn neus in Max' haartjes. Eva deed hetzelfde. Zijn geur was zo heerlijk dat Eva nooit meer wilde opstaan, maar altijd zo wilde blijven zitten. Warm en veilig.

Ze hief haar gezicht naar Leon en keek hem aan. 'We

hadden misschien toch beter naar Spanje kunnen gaan', zei ze met iets van een scheef lachje op haar gezicht.

Hij keek terug. Zijn mond lachte, maar zijn ogen deden niet mee. 'Weet je waar ik net in de auto over na zat te denken? Dat het los van alles, ergens ook goede dingen heeft voortgebracht. Toen jij die avond weg was, en Max ook...' Hij dacht even na. 'Ik ben nog nooit zo bang geweest. Ik had alles wat ik heb willen geven om op dat moment zeker te weten dat het goed ging met jullie allebei. Natuurlijk zat ik zo in spanning dat ik het me toen niet realiseerde, maar afgelopen week heb ik er veel over nagedacht. Ik vind mijn werk heel erg belangrijk, maar niet zo belangrijk als mijn gezin.'

Eva glimlachte even. 'Lief dat je dat zegt.'

'Ik meen het ook. En het klinkt misschien als iets wat logisch is, maar dat heftige gevoel heeft me doen inzien dat ik hier ook iets mee moet. Ik wil er meer zijn voor jullie. Ik heb net de uren in de auto gebruikt om de beslissing te nemen.' Hij slikte. 'Ik ga niet voor partner op kantoor. Ik ga voor een dag minder werken. Ik wil nu meer bij mijn kind zijn.'

'Echt waar?' Eva maakte zich een beetje los om hem te kunnen aankijken. Zijn gezicht stond serieus. 'Wow.'

'Ik kan altijd nog partner worden. Ik kan niet altijd nog vader zijn van deze geweldige baby. Dat moment is nu, Max is nu nog zo klein. Als hij groter wordt en ons minder nodig heeft, zie ik wel weer.'

Eva slikte en voelde alweer tranen opkomen. Het lukte niet om ze terug te dringen.

'Waarom huil je?' vroeg Leon.

'Ik ben heel blij dat je deze beslissing neemt', zei ze. 'Ik hou van je.'

Leon gaf haar een kus en liet zijn voorhoofd daarna tegen dat van haar rusten. Samen keken ze naar hun zoontje. Eva streek met haar vinger over zijn haartjes. Gedachten raasden door haar hoofd, maar het enige wat overheerste was dat alles goed was gekomen, en dat dat het enige was wat telde.

Zo bleven ze heel lang zitten.

Epiloog

VERMISSINGSZAAK TIENERMEISJE NA JAREN EINDELIJK OPGELOST

HOOGHALEN – In een oude schaapskooi in de buurt van het Drentse dorp Hooghalen zijn de resten aangetroffen van Saskia Thijssing. Het destijds zestienjarige meisje verdween vijftien jaar geleden spoorloos van de camping waar ze met haar ouders op vakantie was.

De politie kwam de dader, de 67-jarige Assenaar Huib Z., op het spoor in een andere zedenzaak. Dankzij de verklaring en aangifte van het slachtoffer in die zaak werd de politie gewezen op een mogelijk verband met de vermissing van Saskia Thijssing. Verdachte Z. heeft inmiddels bekend dat hij de destijds minderjarige Thijssing heeft misbruikt en vermoord. Het motief voor de moord moet volgens de politie worden gezocht in zijn angst dat het misbruik uit zou komen. De woordvoerder van de politie legt uit hoe deze zaak nu opgelost kon worden. 'Uit angst voor de dader heeft het slachtoffer in de nu aan het licht gekomen zedenzaak, dat dicht bij de dader staat, jarenlang haar mond gehouden. Onlangs heeft een reeks van gebeurtenissen de zaak echter in een stroomversnelling gebracht, en dankzij de verklaringen van het slachtoffer en het speurwerk van de politie, is deze cold case eindelijk opgelost.' De woordvoerder verklaarde verder dat de resten van Saskia Thijssing waarschijnlijk al snel nadat zij vermist is geraakt, in de fundering van de destijds in aanbouw zijnde schaapskooi zijn verstopt. Met speciale apparatuur heeft de politie de resten nu in kaart gebracht. De komende tijd zal de schaapskooi worden afgebroken.

In het familiehuis op Ibiza vindt Anna een onbekende ketting. Is dit het spoor naar de nooit opgeloste dood van haar zusje...

Als de ouders van Anna de Kee (31) door een tragisch ongeval overlijden, komt haar leven volledig op zijn kop te staan. Los van het verdriet dat ze heeft, moeten er ook allerlei dingen geregeld en gedaan worden, zoals het opruimen van het vakantiehuis op Ibiza. Het huis waar haar zusje Yara op negenjarige leeftijd is verdronken in het zwembad. Als Anna bij het opruimen een onbekende ketting vindt, lijkt dit het spoor te zijn naar de nooit opgeloste dood van haar zusje. En Anna wil maar één ding: uitzoeken van wie de ketting was en of die iets te maken heeft met het overlijden van Yara. Maar voor ze het weet raakt Anna verzeild in een wereld die ze liever nooit had leren kennen...

Casa Ibiza
Paperback, 256 pagina's
ISBN 978 94 6068 393 0
€ 15,-

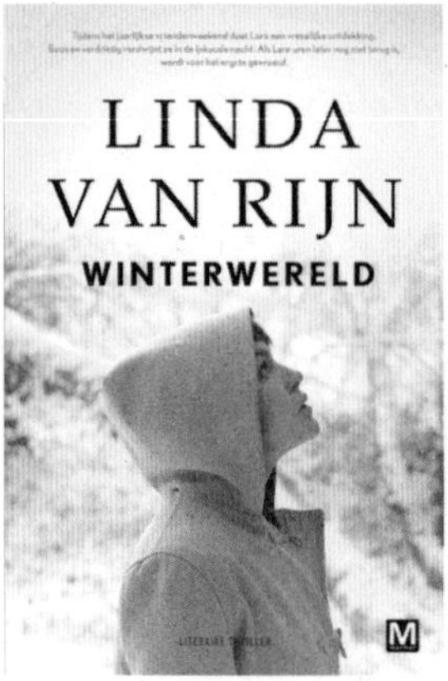

Tijdens het jaarlijkse vriendenweekend doet Lara een vreselijke ontdekking. Boos en verdrietig verdwijnt ze in de ijskoude nacht. Als Lara uren later nog niet terug is, wordt voor het ergste gevreesd.

Lara van Dam verheugt zich op een knus winterweekendje met haar vriendengroep. Ze hebben een huisje gehuurd in de Brabantse bossen en er zijn geen andere plannen dan eten, drinken en bijkletsen bij de open haard. Maar het weekend loopt totaal anders als Lara er op de eerste avond achter komt dat haar vriend Yves is vreemdgegaan. Lara is woedend en wil naar huis, maar zonder rijbewijs en openbaar vervoer komt ze niet ver. Boos en verdrietig loopt ze weg, het donkere en ijskoude bos in. Het maakt haar niet uit, als ze maar niet terug hoeft naar het huisje. Wanneer vervolgens ieder spoor van Lara ontbreekt, worden de vrienden ongerust en gaan haar zoeken. Maar dat loopt uit op een nachtmerrie...

Winterwereld
Paperback, 224 pagina's
ISBN 978 94 6068 380 0
€ 15,-

Na een cocktailparty op het strand verandert de relaxte vakantie van Amber in een regelrechte nachtmerrie...

Vanwege hun 40-jarig huwelijksfeest nemen Herman en Ineke van Heesch hun kinderen en kleinkinderen mee op een winterzonvakantie naar Curaçao.
Op een avond besluiten de schoonzusjes Amber en Sophie te gaan stappen en ze gaan naar een cocktailparty op het strand. De vrijgevochten Amber voert de keurige huismoeder Sophie de ene cocktail na de andere. Sophie raakt zowaar los en is de hit van de avond op de dansvloer. Ze gaat zelfs in op de avances van een knappe en charmante Antilliaan. Amber vindt het reuzegrappig om deze kant van de brave Sophie te zien en vermaakt zich kostelijk.
Als de party ten einde loopt en Amber naar huis wil, kan ze Sophie nergens vinden. Amber moet eigenlijk wel grinniken om de situatie: de brave Sophie, die waarschijnlijk ergens ligt te rollebollen met een knappe Antilliaan. Maar als Sophie ook de volgende dag niet naar huis terugkeert, blijkt er niet veel meer te lachen.

Winterzon
Paperback, 240 pagina's
ISBN 978 94 6068 382 4
€ 10,-

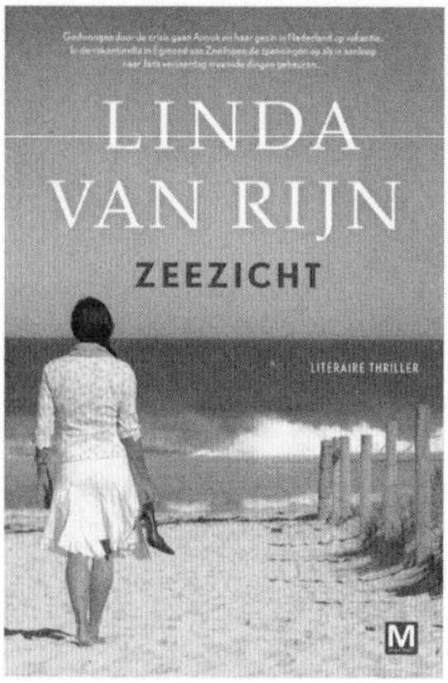

Gedwongen door de crisis gaan Anouk en haar gezin in Nederland op vakantie. In Bergen aan Zee krijgt de onbezorgde vakantie een totaal andere wending.

Door de crisis zit de jaarlijkse vakantie naar Spanje er dit jaar niet in voor Jan en Anouk, want de meubelwinkels waarvan Jan eigenaar is draaien minder goed. In plaats daarvan gaan ze met hun kinderen Timo en Lena naar Bergen aan Zee, waar ze gratis in het vakantiehuis van een bevriende zakenrelatie kunnen verblijven.
Anouk is hard toe aan de vakantie. Doordat Jan personeel heeft moeten ontslaan, moest ze voortdurend bijspringen. Bovendien zijn de spanningen in haar huwelijk opgelopen, omdat Jan meer oog heeft voor zijn computer dan voor haar. Anouk hoopt op vakantie weer dichter tot elkaar te komen. In eerste instantie lijkt dat ook te gebeuren. Jan is ontspannen en als hij ook nog een grote order krijgt, lijkt het eindelijk wat beter te gaan met zijn humeur. Anouk probeert op haar beurt iets positiefs te doen en organiseert een surpriseparty voor zijn veertigste verjaardag. Had ze dat maar nooit gedaan...

Zeezicht
Paperback, 288 pagina's
ISBN 978 94 6068 361 9 – € 10,-
ISBN 978 94 6068 395 4 – € 5,-

Op een reünieweekend in het winterse Wenen halen de vriendinnen herinneringen op aan vroeger. Maar als het overlijden van jaarclubgenote Daniëlle ter sprake komt, heeft dat fatale gevolgen...

Het vijftienjarig bestaan van jaarclub Artemis mag niet ongemerkt voorbijgaan. En dus vertrekken Dominique en haar vriendinnen voor een lang weekend naar het winterse Wenen. Ook de partners mogen mee.
Nadat ze overdag de sprookjesachtige stad hebben bezocht, is het 's avonds een en al gezelligheid bij het haardvuur. De wijn vloeit rijkelijk en de jaarclubgenoten halen herinneringen op aan vroeger.
Er wordt ook stil gestaan bij het overlijden van jaarclubgenote Daniëlle, die in haar eerste studiejaar volkomen onverwacht zelfmoord pleegde. Als een van de vriendinnen in aangeschoten toestand verkondigt dat Daniëlle opzettelijk van het dak is geduwd, blijkt al snel dat dat niet bij iedereen goed valt. Kennelijk is iemand in de groep bereid heel ver te gaan om de waarheid te beschermen...

De Jaarclub
Paperback, 240 pagina's
ISBN 978 94 6068 353 4 – € 10,-
ISBN 978 94 6068 383 1 – € 5,-

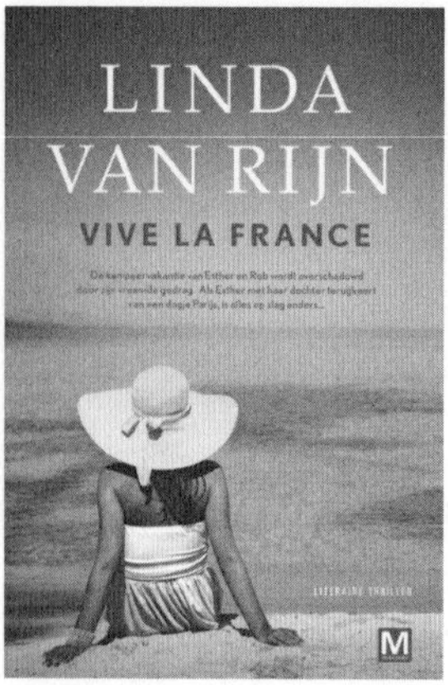

De kampeervakantie van Esther en Rob wordt overschaduwd door zijn vreemde gedrag. Als Esther met haar dochter terugkeert van een dagje Parijs, is alles op slag anders...

De gezellige kampeervakantie met het gezin verloopt de eerste dagen precies zoals Esther de Koning had gedacht en gehoopt. Niet voor niets had ze er enorm naar uitgezien om weer eens lekker met zijn drieën op vakantie te gaan. Maar al snel begint haar man Rob zich vreemd te gedragen: hij heeft weinig aandacht voor zijn gezin en zit continu op zijn telefoon. Er ontstaan irritaties, vooral bij Esther. Die bereiken een hoogtepunt als Rob ineens en zonder reden van camping wil veranderen. Nu is niet alleen Esther maar ook Isa de dupe van zijn vreemde gedrag

Op de nieuwe camping lijkt het beter te gaan, maar dat is slechts van korte duur. Rob schuift het af op problemen op zijn werk, maar Esther kan dat maar moeilijk geloven. Als Esther en Isa terugkeren van een dagje shoppen in Parijs, is Rob er niet om hen op te halen van het station. Ook reageert hij niet op de oproepen en berichtjes. Maakt Rob het nu al te bont of is er heel iets anders aan de hand?

Vive la France
Paperback, 256 pagina's
ISBN 978 94 6068 316 9 – € 10,-
ISBN 978 94 6068 362 6 – € 5,-

Voor Heleen en Carlo gaat een langgekoesterde wens in vervulling met hun Italiaanse agriturismo. Het Toscaanse leven lacht hun toe tot een verschrikkelijke gebeurtenis alles op zijn kop zet...

Als Carlo Marino zijn baan bij een bank verliest, besluiten hij en zijn vrouw Heleen te gaan voor de droom die ze al jaren koesteren: ze verhuizen met hun twee kinderen naar Toscane,waar ze in een oude hoeve een agriturismo beginnen. Na een grondige verbouwing en de nodige investeringen komen er al snel veel gasten. Carlo en Heleen genieten van hun nieuwe leven als gastheer en gastvrouw, en van het fantastische Italiaanse leven. Net als de kinderen Florian en Sophia zijn ze helemaal ingeburgerd in de kleine gemeenschap.

Maar wanneer er onverwacht vreemde dingen gebeuren op de agriturismo valt hun droomwereld in scherven. Een gruwelijke gebeurtenis brengt een verzwegen verleden naar boven en dwingt hen om hun complete toekomst op het spel te zetten...

Villa Toscane
Paperback, 224 pagina's
ISBN 978 94 6068 238 4 – € 10,-
ISBN 978 94 6068 332 9 – € 5,-

De wintersportreis van Nienke heeft alles weg van een droom, zeker als twee reisgenoten avances maken.

Nienke Draaijer kan haar geluk niet op als ze een geheel verzorgde wintersportvakantie naar Oostenrijk wint. Ze vindt skiën geweldig, maar doordat ze haar baan is kwijtgeraakt en haar relatie na vier jaar is verbroken – met de gedwongen verkoop van haar huis tot gevolg – zit ze financieel in een dip. Deze gratis vakantie is precies wat ze nodig heeft. Samen met de andere deelnemers van de groepsreis vertrekt ze naar het ski resort Bad Kleinkirchheim. Nienke geniet niet alleen van de mooie pistes en de gezelligheid van de groep, maar koestert zich ook in de aandacht van de getrouwde Rogier en van Jonathan, de knappe en mysterieuze reisleider, die vanaf de eerste aanblik veel indruk op haar maakt.

Na wederom een heerlijke dag op de pistes bezoekt de groep het thermenbad en heeft een reuzegezellige avond. Maar van die gezelligheid is niets meer over als een medewerkster van de thermen in het bubbelbad het zielloze lichaam van een van de groepsleden aantreft.

Ski Resort
Paperback, 224 pagina's
ISBN 978 94 6068 277 3
€ 5,-

Vier stellen gaan op een skivakantie naar Saalbach Hinterglemm. Als een van hen verongelukt bij het offpisteskiën begint een duistere reis door het verleden...

Jeanne, Isabel en Monique zijn hun leven lang al vriendinnen. Ze hebben hun partners meegenomen op de jaarlijkse skivakantie naar Saalbach Hinterglemm vanwege de uitstekende mogelijkheden om off piste te skiën en het feesten. Ook Peter hoort al jaren bij de vriendengroep. Hij heeft sinds vier maanden een relatie met Eva, en neemt zijn nieuwe vriendin mee.

Als ze op de derde dag besluiten om met zes van de acht een nieuwe, ongeprepareerde piste te verkennen, gaat het mis. Eva, die een zeer ervaren skiër is, komt ten val na een sprong en verongelukt. Rechercheur Peter Wolff start het bij dergelijke ongevallen verplichte onderzoek. Alles lijkt erop dat Eva zeer ongelukkig ten val is gekomen en vreselijk veel pech heeft gehad. Een van de vriendinnen heeft namelijk alles gefilmd op haar iPhone. Maar als de rechercheur na een dag vol verhoren en ondervragingen nog eens op zijn gemak het filmpje bestudeert, valt hem iets vreemds op.

Off Piste
Paperback, 256 pagina's
ISBN 978 94 6068 274 2
€ 5,-

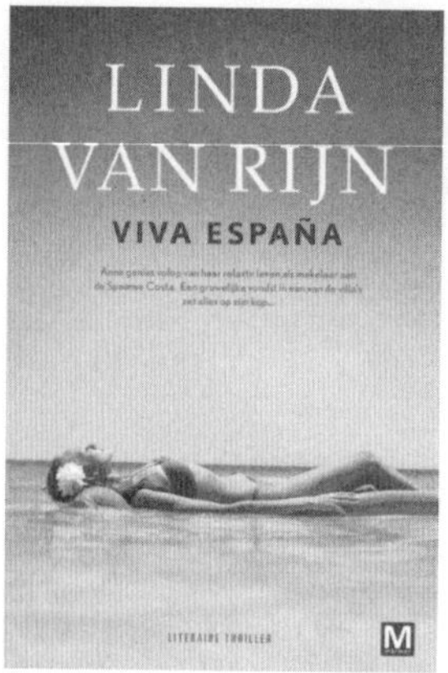

Anne geniet volop van haar relaxte leven als makelaar aan de Spaanse Costa. Een gruwelijke vondst in een van de villa's zet alles op zijn kop...

Anne Verhulst geniet met volle teugen van haar leven in Spanje, waar ze werkt op een makelaarskantoor van luxe vakantievilla's. Het warme klimaat, de zon, de zee en natuurlijk Daniel maken haar leven perfect. Haar Spaanse vriend overlaadt haar met passie, aandacht en de meest uitbundige cadeaus. Hij is een schril contrast met haar nieuwe baas, de zoon van Henk Bleiswijk, die het kantoor van zijn vader heeft overgenomen. Als Anne op een dag de gehandicapte dochter van haar voormalige baas in een van de villa's vindt, vastgebonden en onder het bloed, is het over met haar zorgeloze leventje. De misselijke actie lijkt een waarschuwing te zijn, maar waarvoor? Als ook het kantoor overhoop wordt gehaald en Anne merkt dat ze wordt gevolgd, wordt ze echt bang. Waarom hebben de criminelen het juist op haar voorzien?

Viva España
Paperback, 256 pagina's
ISBN 978 94 6068 178 3 – € 10,-
ISBN 978 94 6068 239 1 – € 5,-

Vier vriendinnen genieten van een skivakantie in Kirchberg. De moord op een van hen stelt de politie voor een raadsel.

De vriendinnen Karen, Chantal en Isa arriveren op zaterdag in Kirchberg, Annemieke moet nog werken en kan pas een paar dagen la- ter aansluiten. De vakantie begint heel genoeglijk. De vriendinnen hebben de kans écht bij te praten, wat er in het drukke dagelijks leven vaak bij in schiet, en het is prachtig weer om te skiën. Er lijkt geen vuiltje aan de lucht.

Maar de gezellige skivakantie neemt een onverwachte wending een van de vriendinnen als zonder aanwijsbare reden een gewelddadige dood sterft.

Rechercheur Günter Wolfsberg van de politie in Kirchberg start een onderzoek. Hij verhoort alle verdachten en komt erachter dat onder het oppervlak van de vriendschap tussen de vriendinnen de nodige spanningen schuilgaan. De uitkomsten van de verhoren wijzen in één richting. Maar sommige mensen lijken wel erg graag de schuld te willen afschuiven...

Winter Chalet
Paperback, 256 pagina's
ISBN 978 94 6068 157 8
€ 5,-

Als haar kersverse echtgenoot tijdens de huwelijksreis spoorloos verdwijnt, staat Hannah voor een raadsel. Hoe goed kent ze eigenlijk de mensen die ze altijd vertrouwde…

De romantische huwelijksreis van Hannah en Koen naar Curaçao wordt ruw verstoord als Koen tijdens het snorkelen spoorloos verdwijnt. Hannah wordt gek van angst.

De plaatselijke politie loopt niet zo hard als Hannah zou willen en ten einde raad gaat ze zelf op onderzoek uit. Die zoektocht brengt onaangename waarheden aan het licht. Als Hannah zelfs voor haar eigen leven moet vrezen, wordt ze geconfronteerd met de vraag of ze Koen wel zo goed kent als ze denkt.

Blue Curaçao is een spannende thriller over een desastreuze liefde die blind maakt en over mensen die zich anders voordoen dan ze in werkelijkheid zijn.

Blue Curaçao
Paperback, 288 pagina's
ISBN 978 94 6068 138 7 – € 10,-
ISBN 978 94 6068 199 8 – € 5,-

Tijdens de skivakantie in Kirchberg verdijnt de kleine Marius. De politie staat voor een raadsel...

De skivakantie van Renske en Sven Donkervoort in het Oostenrijkse Kirchberg slaat om in een nachtmerrie als hun vierjarige zoon Marius tijdens de skiles verdwijnt. Een grote zoekactie levert niets op en de politie staat voor een raadsel.

De verdwijning vertoont opvallend veel gelijkenissen met een nooit opgeloste zaak van twintig jaar geleden. Het spoor leidt de politie naar een oude bekende. Maar dan werpen een onverwachte bekentenis en een schokkende vondst een heel ander licht op de zaak.

Piste Alarm
Paperback, 240 pagina's
ISBN 978 94 6068 159 2
€ 5,-

Op de lastminutevakantie in Hurghada loopt Suzanne haar ex-vriend tegen het lijf.

Vijf jaar zijn Susan Waterberg en haar man Hugo getrouwd. Die mijlpaal wil Susan niet onopgemerkt voorbij laten gaan. Ze regelt haar schoonouders als oppas voor hun zoontje Stijn van drie en boekt een lastminutevakantie naar Hurghada. Voor Hugo is de trip een grote verrassing, zeker omdat hij zijn padi (duikbrevet) pas een jaar heeft. Nu kan hij eindelijk 'echt' gaan duiken. Hoewel het afscheid van Stijntje hun beiden zwaar valt, verheugen ze zich op de zonvakantie.

Als ze op de duikschool inchecken krijgt Susan de schrik van haar leven. De duikinstructeur is een 'oude bekende' en confronteert haar met een gebeurtenis die ze altijd voor Hugo heeft verzwegen. De zorgeloze strandvakantie die Susan voor ogen had, verandert in een web van leugens en chantage. Om haar gezin te redden, zal ze definitief moeten afrekenen met haar verleden.

Last Minute
Paperback, 256 pagina's
ISBN 978 94 6068 075 5
€ 5,-

Voetbalvrouw Michelle gaat mee op trainingskamp naar Gran Canaria. Maar wat een gezellige week belooft te worden, eindigt in een nachtmerrie.

Voetbalclub DKS – Door Kracht Sterker – speelt voor het eerst in zijn bestaan in het betaald voetbal. Richard Jongsma, de jonge aanvallende middenvelder, staat in de belangstelling van diverse grote eredivisieclubs. Tot nu toe weet hij zijn concurrent, de getalenteerde aanvaller Fernando, nog te overklassen.

In de winterstop gaat DKS op trainingskamp naar Gran Canaria. De vrouwen mogen mee, dus naast trainen is er tijd voor leuke uitstapjes. Het voelt voor Michelle bijna als vakantie. Tot een noodlottig ongeval alles verandert. Michelle vermoedt opzet en wil uitvinden wie dit op zijn geweten heeft. Maar hoe meer ze ontdekt, hoe meer ze merkt dat er mensen zijn die niet willen dat de waarheid boven tafel komt...

Voetbalvrouwen
Paperback, 160 pagina's
ISBN 978 94 6068 153 0
€ 5,-

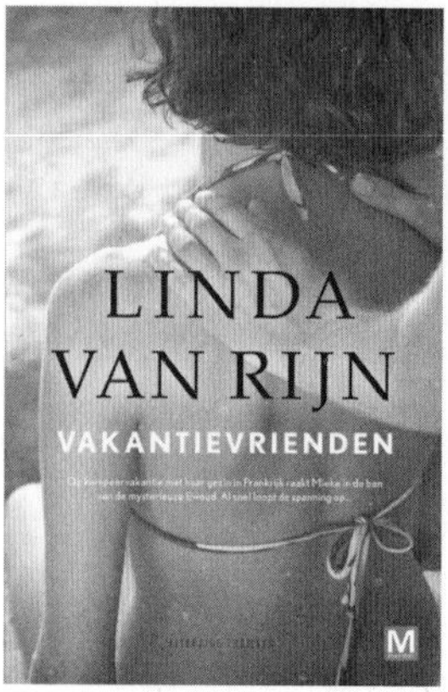

Op kampeervakantie met haar gezin in Frankrijk raakt Mieke in de ban van de mysterieuze Ewoud. Al snel loopt de spanning op...

Mieke en Thom Zuidkerken grijpen de jaarlijkse kampeervakantie met hun gezin aan om te proberen hun huwelijk te redden. Sinds Mieke weet dat Thom is vreemdgegaan staat hun relatie onder grote druk.

Via de vakantievriendjes van de kinderen ontmoeten ze Wendy en Ewoud, met wie ze gezellig borrelen en barbecuen. Mieke voelt zich aangetrokken tot de spannende en intrigerende Ewoud en bekijkt haar eigen doorsneehuwelijk ineens met heel andere ogen. En dat heeft grote gevolgen...

Vakantievrienden
Paperback, 108 pagina's
ISBN 978 94 6068 104 2
€ 5,-

'In Winterzon *voel je de hitte van het zand, de weldaad van de zon en de ophitsende vakantiesfeer van een beachparty. Genoeg om als lezer al reikhalzend uit te zien naar je volgende vakantie.'* – HEBBAN.NL

'Zeezicht *is wederom een bloedstollend spannend vakantieverhaal van Linda van Rijn. (...) Linda van Rijn weet het verhaal zo te schrijven dat de lezer op het puntje van zijn stoel zit en maar niet kan stoppen met lezen tot de laatste bladzijde is bereikt.'* – CHICKLIT.NL

'Piste Alarm *is een echte vrouwenthriller, geschreven in een vlotte stijl en vol emoties. En tegen het einde zelfs superspannend!'* – CRIMEZONE.NL

'Piste Alarm *is een lekkere vakantiethriller die leest als een trein, met een zeer spannend einde.'*
– VROUWENTHRILLERS.NL

'Door de vaart, de onderhuidse spanning, maar ook door de menselijke keuzes van de hoofdpersoon in Last Minute *blijf je 'hooked' aan dit boek.'* – CRIMEZONE.NL

'Viva España *is een heerlijke, zomerse thriller, die je lekker in de zon, op het balkon of op vakantie op het strand of aan het zwembad moet gaan lezen!'* – CHICKLIT.NL

'Als je dit boek dus gaat lezen, bewaar 'm dan voor in je koffer. Ideaal om mee te nemen op vakantie.'
– READABOOK.NL

'Een heerlijk spannend boek voor een paar uurtjes leesplezier bij het zwembad. Zo zit je uiteindelijk toch weer op het puntje van je strandstoel!' – VROUWENTHRILLERS.NL

'Vive la France *is een superspannende pageturner. Een aanrader voor de vakantiekoffer.'* – VROUWENTHRILLERS.NL

'De combinatie van de spannende proloog en de onderhuidse, subtiele spanning tussen de hoofdpersonen zorgen ervoor dat Winter Chalet *je vastpakt en niet meer loslaat.'*
– CHICKLIT.NL

'Villa Toscane *is een heerlijke zomerthriller, en ook ditmaal schoof ik langzaam naar het puntje van mijn strandstoel.'* – FLAIR

'Met dit boek schaart de schrijfster zich in de rij van Esther Verhoef, Saskia Noort, Marion Pauw e.a. (...) Spannend tot aan de ontknoping. Deze aanwinst in het genre zou zo maar verfilmd kunnen worden.' – NBD BIBLION

Colofon

Redactie: Karin Dienaar
Omslagontwerp: Riesenkind
Omslagbeeld: Jacob Lund | Shutterstock
Zetwerk: V3-Services v.o.f. en studio Marian Akkermans
Druk: Wilco

Eerste druk april 2017
Zesde druk juni 2018

ISBN 978 94 6068 396 1
E-ISBN 978 94 6068 791 4
NUR 305

uitgeverij marmer

Uitgeverij Marmer BV
De Botter 1
3742 GA BAARN
T: +31 649881429
I: www.uitgeverijmarmer.nl
E: info@uitgeverijmarmer.nl

www.lindavanrijn.nl
@lindavanrijnthrillers